KB104831

누군가 내 사랑을 노리고 있다

누군가 내 사랑을 노리고 있다

1판 1쇄 발행 2014년 5월 12일
1판 3쇄 발행 2014년 6월 16일

지은이 김정일
펴낸이 송지은
펴낸곳 청조사
등록 1-419(1976.9.27)
주소 136-074 서울 성북구 안암로5길 22(안암동 4가 41-3) 청조사빌딩 4F
전화 (02)922-3931~5 **팩스** (02)926-7264
이메일 chungjosa@hanmail.net **홈페이지** www.chungjosa.co.kr

편집 윤경선 **마케팅** 최진욱 정기환
인쇄 스크린인쇄 **제본** 서경제책

ISBN 978-89-7322-349-7 03810

국립중앙도서관 출판시도서목록(CIP)

누군가 내 사랑을 노리고 있다 / 지은이: 김정일. — 서울 : 청조사, 2014

ISBN 978-89-7322-349-7 03810 : ₩13000

한국 현대 수필[韓國現代隨筆]

814.7–KDC5
895.745–DDC21   CIP2014012519

누군가
내 사랑을
노리고
있다

정신건강의학과 전문의 **김정일** 지음

청조사

차례

인생 최고의 성공은
사랑의 성공

내 인생 최고의 과제는 여자였다. 무엇보다 나를 안정시켜 줄 여자가 필요했다. 의식적으로 설명할 순 없지만 내 존재가, 그리고 내 영혼이 그것을 바라고 있음을 느낌으로 알 수 있었다. 그런 여자를 만나기 위해 나는 오랫동안 나 자신을 억압해 왔다. 나 스스로 나를 억압하면서 지켜왔던 것은 '순수한 믿음'이었다. 순수한 믿음을 가진 여자와 함께 할 수 있다면 내 영혼은 안정되고 무엇이든 할 수 있으리라. 그러나 내가 만나는 여자들은 나를 안정시켜 주지 못했다. 그녀들에게는 순수한 믿음이 없었기 때문이다. 나는 순수한 믿음을 갖고 있었고, 그래서 그녀들을 믿었거늘 그녀들은 나를 의심하고 계산

하고, 심지어 농락하기까지 했다. 심지어 한 여자는 이렇게 말했다.

"내가 당신을 얼마나 말아먹어도 견디는지 한 번 보겠어요."

내 순수를 농락하는 말이었다. 나는 그녀를 믿었는데 그녀는 나의 믿음을 가지고 논 것이다. 어떤 남자는 이렇게 말했다.

"돈 좀 꿔 줘. 갖고 있는 돈 전부. 내 마누라가 뭘 하려고 하는데 도와주고 싶어서."

기가 막혔다. 그래, 내가 갖고 있는 돈을 전부 꿔 주고 내가 빈털터리가 되어 허덕이면 그는 나에게 뭐라고 말할까. 아마 이렇게 말하지 않을까?

"속은 사람이 바보지."

이런 개자식! 나를 얼마나 호구로 봤으면.

남자들한테는 당할 만큼 당하다 보니 나를 방어하는 게 어느 정도 습관이 됐다. 그러나 여자들에게는 그러고 싶지 않았다. 내 믿음이 순수하다면 언젠가는 순수한 믿음을 가진 여자를 만날 수 있으리라. 그러다 정말 운 좋게 순수한 믿음을 가진 여자를 만났다. 찾다 보니 있었다. 속으로 "하느님, 부처님, 마호메트님, 감사하고 또 감사합니다."라고 외쳤다.

그녀를 만난 뒤 내 인생은 달라졌다. 어떤 것도 어렵지 않았고, 어떤 두려움도 생기지 않았다. 나를 믿어주는 여자가 옆에 있는데 무슨 어려움과 두려움이 있겠는가. 나의 나머지 인생은 덤일 뿐이다. 그래서 요즘은 사는 게 그렇게 재밌을 수가 없다. 지금껏 고민해 온 문제가 해결됐으니 여생은 현실과 멋지게 놀면 된다.

이 책은 사랑에 대한 이야기다. 사람들은 누구나 사랑을 꿈꾼다. 그러나 정말 좋은 상대를 만나기란 어렵고도 어렵다. 좋은 상대를 만나려면 그만한 노력을 해야 한다. 그것은 성공하는 것보다 훨씬 더 힘들다. 재벌이래도 어쩔 수 없는 일이다. 그래서 나는 인생 최고의 성공은 사랑의 성공이라고 믿는다. 우리 사회에서 사랑에 성공하는 사람들이 많아졌으면 한다. 그럼 우리 사회도 사랑으로 넘쳐날 테니 말이다.

2014년 봄

김 정 일

누군가
내 사랑을
노리고
있다

사랑은
소통이다

신부 : 아! 프란체스코 성자님, 이게 웬 난리람! 그렇게도 사랑하던 로잘라인을 이렇게 쉽게 잊었단 말인가? 젊은이들의 사랑은 과연 마음 속에 있지 않고 눈 속에 있는가 보구나. 아, 기가 막혀 말이 나오지 않는구나…….

로미오 : 제발 꾸짖진 마십시오. 지금 제가 사랑하는 여인은 정에는 정으로, 사랑에는 사랑으로 보답할 줄 아는 여인입니다. 로잘라인은 그렇지 않았어요.

《로미오와 줄리엣》의 한 대목이다. 난 어렸을 때부터 이 대목이 참으로 궁금했다. 목숨까지 바쳐가며 사랑하는 남자가 어떻게 이리도 쉽게 여자를 바꿀 수 있을까 싶어서 말이다. 그런데 살다 보니 이해가 됐다. 로잘라인은 줄리엣 이상으로 아름다울지는 몰라도 소통면에서는 부족했던 것이다. 정에는 정으로, 사랑에는 사랑으로 보답할 줄 모른다는 말이 로잘라인의 부족한 소통 능력을 잘 보여준다. 그에 반해 줄리엣의 소통 능력은 얼마나 뛰어난가. 말 한 마디, 한 마디가 영혼을 울린다.

1998년 개봉작 〈강원도의 힘〉에도 인상적인 대목이 나온다. 산에서 우연히 만난 남녀가 곧 만날 것을 약속한다. 그런데 여자를 만나지 못했다. 나중에 다시 우연히 마주쳤을 때 남자가 화를 낸다.

"기다려야 하는 거 아닌가요? 아니, 지키지 못할 약속이면 하질 말았어야죠. 아까는 왜 거짓말을 했어요? 기다린다고 해 놓고선."

이 장면을 보면서도 의아했다. 전부터 알고 지내던 사이도 아니고 산에서 우연히 만난 여자에게 뭘 그리 화를 낸단 말인가. 그리고 여자가 기다리지 않은 것도 아니다. 기다려도 남자들이 오지 않으니 먼저 갔을 뿐이다. 오히려 남자들이 여유를 부리다 늦었다. 그에게는 일방적으로 여유부릴 권리도, 화낼 이유도 없었다.

라캉Jacques Lacan은 인간의 몸과 마음은 언어로 이루어졌다고 했다. 언어를 똑바로 지켰을 때 몸과 마음, 그리고 관계가 똑바로 선다. 반대로 언어를 소홀히 하면 모든 것이 엉망이 된다. 정신적으로 건강한 사람과 불건강한 사람, 사회적으로 성공한 사람과 실패한 사람은 언어에서 크게 차이가 난다. 언어가 분명한 사람은 건강과 성공, 행복으로 나아가지만 언어가 불분명하고 불투명한 사람은 어떤 가면을 씌우건 불건강과 실패, 불행으로 나아간다.

사랑도 마찬가지다. 많은 사람들이 외모가 훌륭하면 돈, 명예, 사랑이 저절로 따라올 거라 믿고 외모에 신경을 쓴다. 그러나 외모는 의지할 만한 게 못된다. 아무리 훌륭한 외모를 갖고 있어도 입에서 흘러나오는 언어가 불투명하면 그의 외모 또한 흐릿해질 뿐이다. 아무리 좋은 남자를 만나고 아무리 예쁜 여자를 얻는다고 해도 그 관계를 유지시켜 주는 것은 언어다. 즉 소통을 제대로 했을 때 그 관계도 원만하고 탄탄해진다. 상대를 사로잡는 것은 외모가 아니라 언어이기 때문이다. 언어가 살아 있으면, 즉 언어가 분명하면 상대는 절대 나에게서 벗어나지 못한다. 언어는 상대의 영혼까지 사로잡기 때문이다.

이혼의 가장 큰 원인은 나쁜 소통이라고 한다. 소통에 자신이 없으니 갈등을 외면하고 썩혀 두었다가 그 갈등이 커져 결국 이혼에 이르는 것이다. 사랑을 잘하기 위해, 인생에서 성공하기 위해. 그리고 몸과 마음이 건강하기 위해선 언어 능력, 즉 소통 능력을 키워야 한다.

나는 인생 최고의 성공은 사랑의 성공이라고 믿는다. 사랑을 성공하게 만드는 것도 언어이고, 이혼하게 만드는 것도 언어다. 얼굴이 예쁘면 3개월을 가고, 마음이 예쁘면 3년을 가고, 요리를 잘하면 30년을 간다지만 소통은 죽음을 넘어서까지 사랑하게 만드는 힘이 있음을 기억하라.

현대판
신데렐라 콤플렉스

어린 시절, 매우 인상 깊게 본 만화가 하나 있다. 한 평범한 소년이 어느 날 우연히 잘못 건 전화로 인해 한 소녀를 사귀게 된다. 둘은 서로가 누구인지도 모르면서 좋아한다. 그러나 서로에 대한 환상을 깨지 않기 위해 두 사람은 서로 만나지 않기로 한다. 그러던 중, 소녀가 외국으로 가게 되었고, 둘은 처음이자 마지막으로 보기로 한다. 그러나 소년은 약속 장소로 가던 중 친구와 다투게 되어 늦고, 소녀는 그들을 보고 깔깔거리며 자동차를 타고 스쳐간다. 소년은 그 소녀가 그녀임을 알아차리고 소리를 지르지만 그녀는 듣지 못한 채 그냥 돌아간다. 그 후 소년은 소녀를 다시 만날 수 없었다. 소년은 안타까운 마음에 다시 아무 번호로 전화를 하지만 욕만 먹을 뿐 소녀와의 만남 같은 건 이루어지지 않는다.

이 만화는 어린 나에게 무척 큰 인상을 남겼다. 내용도 내용이지만 귀족 가문의 딸인 소녀가 풍기는 부유함, 아름다움, 고운 마음씨가 가난한 집 아들인 나에게는 선망의 대상이었기 때문이다. '그런 소녀를 실제로 보면 얼마나 귀하고 아름다울까?', '그런 소녀를 만나 사랑하려면 어떤 사람이 되어야 할까?', '나에게도 과연 그런 기회가 올까?' 하는 기대와 설렘을 주었기 때문이다. 그 후 평범하고 가난한 사람이 부잣집이나 재벌가, 좋은 가문과의 우연한 만남을 통해 풍요롭고 행복한 삶을 살게 되는 얘기는 만화, 영화를 불문하고 나를 크게 감동시켰다. 말하자면, 일종의 신데렐라 콤플렉스를 갖고 있었던 것이다.

고백하건대, 그 콤플렉스에서 벗어나기 시작한 것은 얼마 되지 않는다. 나름대로 성공도 하고 돈도 벌어 보았지만 돈과 성공은 결코 나를 자유롭게 해 주지도, 행복하게 해 주지도 않았다. 물론 돈이 없을 때보다는 있을 때가 낫고, 유명세를 타지 않을 때보다는 유명세를 떨칠 때가 나았다. 그러나 만족은 돈과 비례하지 않았다. 아니, 처음에는 돈과 만족이 45도 이상 비례했지만 어느 정도 수준에 이르

18

니 만족도도 완만해졌고, 나중엔 거의 평평해졌다. 즉 어느 순간부터는 돈이 많으나 적으나 행복에는 별 차이가 없었다. 물론 내가 그만큼 돈을 많이 가져보지 못해서 그럴 수도 있겠지만 다 쓰지 못하고 죽을 만큼 많다고 해도 별다른 차이가 있을 것 같진 않다. 결국 돈은 어느 정도까지는 사람을 편하고 기분 좋게 해 주지만 그 이상이 되면 큰 효용 가치가 없다는 게 내 생각이다. 나아가 앞으로의 신데렐라 콤플렉스는 부유한 사람을 향하기보다 활기차고, 아름답고, 지혜롭게 사는 사람으로 그 방향을 달리할 것 같다.

〈사브리나〉는 이를 잘 보여주는 영화다. 줄리아 오몬드 주연의 〈사브리나〉는 오드리 헵번이 주연한 1954년 작품을 리메이크 한 영화로, 대사나 스토리는 비슷하지만 소화하는 방식은 크게 달랐다. 오드리 헵번은 돈 많은 라이너스를 행복하게 껴안지만 줄리아 오몬드는 돈에 찌들어 자신의 삶을 상실해 가는 라이너스를 자신만의 생기로 구원해 준다. 과거의 〈사브리나〉에서는 오드리 헵번이 신데렐라였다면 현대의 〈사브리나〉에선 라이너스가 신데렐라가 된 것이다. 라이너스는 활기차고 아름답고 젊은 데다 순수하기까지 한 여자를 사랑할 수 있었기 때문이다. 이전의 〈사브리나〉에서는 돈 많은 랠러비 가문과 돈 없는 운전기사의 딸을 대비시키는 것만으로 충분했지만 현대의 〈사브리나〉에서는 그 안에 성숙한 대화를 많이 집어넣었다. 운전기사인 아버지가 라이너스에게 "당신은 내 딸에 못 미칩니다."라고 하거나 "책 읽는 시간을 벌기 위해 운전기사를 한다."
는 등의 대사가 그러하다. 예상컨대, 자본주의가 발전하면 할수록
신데렐라 콤플렉스의 대상은 백마 탄 왕자님에서 지혜롭고 성숙한
사람으로 바뀌지 않을까 한다.

때로는
이혼이 치료다

나를 기소할 수 있고 감방에 넣을 수 있는 사람이 있다면 그에게 무척 감사할 것 같다. 나는 밑바닥 생활이나 잡범들과 좀 생활해 보고 싶기 때문이다. 그동안 너무 열심히 또 바쁘게 잘나가며 살아왔는데 푹 쉬기도 하고, 인생의 희로애락을 몸으로 겪은 그들과 어울리면서 많은 것을 배우고 싶다. 젊은 시절이라면 두려워 피했겠지만 지금은 감방 생활이 참 그리워진다. 그 삶은 나에게 얼마나 많은 것을 가르쳐 줄 것인가? 내가 꿈꾸는 글과 정신에의 꿈은 아마도 감방을 통과한 후에 더욱 여물 것이다. 그러나 영화 〈화엄경〉의 선재동자처럼 일부러 감방을 찾아가지는 않을 것이다. 현실의 삶을 최대한 존중하면서 버티다가 그래도 어쩔 수 없이 들어가게 된다면 참 감사할 것이다. 아마도 내가 감방 생활을 한다면 내 감수성으로는 평생 써도 모자랄 무한한 소재를 캐내 올 수 있을 것이다. 그러나 그런 행운이 이번 생애에 찾아올지는 의문이다. 그러나 전생에 나와 친했던 두 도반(道班)만은 그 일을 해줄 것 같다. 그들의 건투를 빈다.

언젠가 쓴 글이다. 글이 씨가 됐는지 실제로 구속을 당하는 일이 생겼다. 누가 나를 고소하면서 경찰조사를 받고, 1·2·3심에 걸친 재판을 받는 등 많은 일을 겪은 것이다. 기대한 만큼은 아니지만 정말 소중한 경험을 많이 했다. 그러나 안타깝게도 내 감성은 기대만큼 깨어나진 않았다.

몇 년 전《영혼의 방》이란 소설을 출간한 적이 있다. 그때 작가 소개란에 다음과 같이 적어 넣었다.

_ 김정일
정신과 전문의, 의학박사
고려대 의대 외래 교수, 경기대 대체의학 대학원 겸임교수
현재 김정일 정신과 의원 개원 중
한때 연이은 베스트셀러로 대중의 사랑을 받았으나 감성이 고갈되면서 침잠

스캔들, 구치소 수감, 애인의 자살, 이혼 등의 시련을 겪으면서 감성이 다시 살아나 《영혼의 방》을 집필

출판사 〈써니〉와 극단 〈써니〉, 소극장 〈사이코드라마〉를 만들어 문화계에 출사표를 던짐

그리곤 그 책 서문에 이렇게 썼다. 만일 내가 노벨문학상을 받는다면 이 책(영혼의 방)으로 받을 거라고. 그만큼 나는 깨어난 감성을 스스로 축복한 것이다.

내 감성은 일생에 세 번 크게 깨어났다. 한 번은 태어나면서, 두 번째는 대학 시절 정신병을 앓을 때, 마지막은 이혼하면서다. 태어날 때 타고난 감성은 나를 20년 이상 성숙시켜 주었고, 대학 시절 깨어난 감성은 나를 30년 이상 잘 살게 해 주었다. 그러나 20여 권의 책을 집필하고 많은 대외 활동을 하면서 감성은 점차 고갈되어 갔다. 감성이 고갈되면서 인생의 빛도 사라져 갔다. 생존에 급급하고, 남들 눈치만 보는 어릿광대가 되어 갔다. 나는 죽어가는 감성이 다시 깨어나기를 소망하고 또 소망했다. 결국, 남들이 보면 무모하다고 할 정도로 모험적인 삶을 살았다. 연이은 스캔들에 구치소 수감, 그리고 애인의 자살까지. 현실을 송두리째 빼앗길 정도의 위기를 겪었다. 그럼에도 한번 사그라든 감성은 깨어나지 않았다.

감성은 이혼하면서 깨어났다. 내 목숨보다 소중한 아이들을 떠나면서다. 감성이 깨어나자 나는 다시 가능성이 충만해졌다. 감성은 진실과 사랑의 회복이고 무한한 생명에의 닿음이다. 감성이 깨어나면서 나는 다시 힘차게 나아갈 수 있게 되었다. 앞으로는 다시 고갈되지 않도록 감성을 아끼고 소중히 할 것이다. 또 다시 감성이 고갈된다면 아마도 죽음만이 내 감성을 깨울 수 있을 것이다.

이혼을 통해 얻은 감성, 새 생명! 이혼이 도대체 뭐기에 그 무엇으로도 깨우지 못한 내 감성을 깨웠단 말인가. 내 존재는 거침없이 이혼을 택했고, 이혼 후의 힘든 삶을 잘 헤쳐 왔다. 이혼을 통해 나는 다시 내가 됨을 느꼈다. 이혼이 나를 구원한 것이다.

사람에 따라 이혼은 결혼의 실패가 아니라 성공이고, 상처가 아니라 치유이며, 자기를 찾는 과정이라 말하고 싶다.

사랑은 거래다

(결혼한 지 얼마 안 되는 신혼 주부, 정신과 의사 앞에 앉는다.)

주부 : 남편과 별거한 지 열흘째에요. 다른 건 몰라도 남편이 친정 엄마한테 소홀히 한 건 참을 수 없어요. 친정 엄마 일 좀 도와달라는데 어떻게 그렇게 무심할 수 있죠?

의사 : 어땠는데요?

주부 : 증권 좀 사 달라는 친정 엄마의 부탁에 무작정 기다리라지 뭐예요. 저는 제가 시어머니에게 하는 만큼 남편이 우리 엄마한테 해 주길 원해요. 그래야 공평하죠.

의사 : 그래, 남편은 어떻게 나오던가요?

(남편 등장)

남편 : (풀이 죽은 얼굴로) 당신이 시키는 대로 뭐든지 할게. 집에만 들어와 줘.

주부 : (으쓱거리며) 이렇죠, 뭐!

의사 : 지금 남편의 모습이 마음에 드나요?

주부 : 솔직히 마음에 들지는 않아요. 불쌍하기도 하고…….

의사 : 아마 남편은 회사에서도 자신감을 잃었을 거예요.

주부 : 그건 사실이에요. 도통 일이 손에 잡히지 않는다고 하더라고요.

의사 : 이렇게 하니 좋은가요?

주부 : 할 수 없죠, 뭐. 전 남에게 지고는 못 살아요.

의사 : 세상에서 가장 소중한 사람이 누구죠?

주부 : (망설임 없이) 엄마요.

의사 : 마마걸이세요?

주부 : 마마걸은 아니에요. 그러나 엄마랑 가장 잘 통하고 엄마가 제일 좋아요.

의사 : 5년 뒤에 어떤 일이 벌어질지 한 번 볼까요.

(주부, 의자에서 일어나 아기를 안고 있다.)

주부 : 아, 나는 세상에서 가장 행복해. 남편은 잘 나가고, 내 말에

꼼짝 못하고 나처럼 행복한 사람이 또 어디 있을까?

(남편, 심각한 표정으로 들어온다.)

주부 : 어머, 당신 왔어? 장 봐 왔어?

(남편, 아무 대답이 없다.)

주부 : (째려보며) 아니, 장도 안 봐 왔단 말이야? (눈이 샐쭉해지며 언성이 높아진다.)

남편 : (딱딱한 표정으로) 우리 이혼해! 나 사랑하는 사람 생겼어.

주부 : 뭐? (아기를 떨어뜨릴 뻔하다 겨우 붙잡는다.)

남편 : 당신 시중드는 거 이젠 질렸어. 나는 내가 사랑하고 나를 사랑하는 여자를 위해! 그동안은 당신에게 붙잡혀 꼼짝 못했지만 나도 이젠 내 인생을 살겠어.

주부 : (째려보며) 뭐라고? 그걸 말이라고 하는 거야? 누구야, 어떤 여자야?

(애인 등장)

애인 : 전데요.

주부 : 넌 뭐야? 누군데 나타나서 이러는 거야?

애인 : 전 당신 남편을 사랑하는 사람이에요. 아니, 당신 남편을 구원한 사람이죠. 당신 남편이 자기 입으로 그랬으니까요.

주부 : (남편을 돌아보며) 뭐라고? 정말 그랬어, 당신! 정말 그랬어?

남편 : 응, 당신하고 살면서 죽을 것 같았어. 당신의 이기심에 갇혀 내 삶이 팍팍 시드는 게 느껴졌지. 그런데 저 여인을 만난 뒤 다시 살아난 걸 느껴. 저 여인은 사랑을 줄 줄 알아. 아니, 사랑에는 사랑으로 답하는 여인이지.

주부 : 그럼 난 어떡하라고, 우리 아이는……

남편 : 당신은 엄마하고 살아. 아이는 내가 키울게. 아이한테 아기를 맡길 수는 없지. (아이를 빼앗는다)

주부 : 당신이 어떻게 나한테 이럴 수 있어?

남편 : (아이를 안고 애인과 함께 자리를 떠나며) 사랑은 성인끼리 하는 거야. 나는 내 사랑을 받고 응해 주는 여자가 필요해.

주부 : (발악하듯) 너는, 너는 뭐가 잘났다고. 만날 네 엄마 타령만 해 놓고서는…….

남편 : 그래서 오 년을 기다렸어. 당신에게 구박받고 사랑 따윈 받지 못하면서 오 년을 절치부심했다고, 그러면서 느꼈지. 애들은 사랑만 받으려 하고 어른은 사랑을 주고받는다는 걸. 어른은 사랑을 주고받으면서 행복을 누린다는 것을. 이제 나는 다 컸어. 엄마에게서도 독립했고, 당신에게서도 독립했어. 나는 나와 사랑을 나눌 수 있는 성숙한 여인을 원해!

주부 : 그래 잘 먹고 잘 살아라. (바다에 주저앉는다.)

(의사, 주부에게 다가간다.)

주부 : (겁먹은 표정으로 일어나) 정말 이렇게 될까요?

의사 : 남편이 지금은 결혼한 지 얼마 되지 않아 부인 눈치를 보고 있지만 나중에 혹독하게 보복당할 수 있어요. 부인도 아시겠지만 지금 부인이 다 옳은 건 아니잖아요.

주부 : 저는 남편이 꼭 그러리라고는 생각지 않아요. 남편은 나 없이는 못산다고요.

의사 : 그럼 또 다른 장면을 보여드릴까요?

(남편 등장, 주부 앞에 드러눕는다.)

주부 : (짜증을 내며) 회사 안 갈 거야?

남편 : 해고 당했다니까…….

주부 : 그래도 가서 기회를 엿봐야지.

남편 : 무서워, 사람들이……. 그리고 나 아파. 다리도 아프고 허리도 아프고 머리도 아프고 심장도 아프고.

주부 : (꽥 소리를 지르며) 정말 이럴 거야?

남편 : 알았어. 나갈게! (집을 나가 비실비실 걸어다닌다. 사람들이 다가오면 황급히 몸을 움츠리고 눈치만 살피다 길 한쪽 구석에 앉는다.)

의사 : 남편이 보복하지 않는다면 저렇게 생명력을 잃고 유약해질 거예요. 아마 후자보다는 전자가 더 가능성이 높겠네요.

주부 : 그럼 어떻게 해야 하죠?

의사 : 성인의 사랑은 결정된 것이 아니에요. 가꾸고 키워야 하는 것이지. 어렸을 때는 사랑을 받는 게 당연하지만 성인이 된 뒤에는 사랑을 소중히 하고 키워야 달아나지 않아요. 남편을 잡고 살려고 하기보다는 사랑하고 존중해 주세요. 그러면 남편은 절대 부인을 떠나거나 배반하지 않을 거예요. 지금 부인이 남편에게 함부로 대하는 것은 남편이 부모 같다고 생각하기 때문이에요. 하지만 남편은 내 부모가 될 수 없어요. 세상에 부모는 두 분뿐이니까요. 어린애처럼 사랑을 받으려고만 하지 말고 주면서 받으려고 노력해 보세요. 아이들 사랑이 한없이 받으려는 투정의 사랑이라면 어른들의 사랑은 서로 주고받는 거래의 사랑이니까요. 어른이 되면 어른의 사랑을 해야겠죠?

(주부, 알겠다는 듯이 고개를 주억거리다 묘한 표정을 짓는다)

이런 결혼은
당장 취소해라

"결혼은 미친 짓이다." 좋은 말이
다. 그래, 결혼은 미친 짓이다. 어떤 생명체도 죽을 때까지 동고동락
하지 않는다. 유독 인간만이 결혼 제도라는 것을 만들어 함께 살 뿐
이다. 왜일까? 집단을 키우기 위해서다. 신체가 약한 인간으로서는
뭉쳐야 살 수 있었고, 뭉치니 보다 이익을 얻을 수 있었다. 그래서
인간은 집단을 키우는 데 주력했고, 거대 집단을 형성해 만물의 영
장에까지 이르렀다. 그 일등공신이 '결혼'이다. 결혼 제도를 통해 개
인의 이기심을 억압해 질서를 도출할 수 있었고, 그 질서를 통해 집
단은 커질 수 있었으며, 그 집단을 통해 개인은 자신의 생존과 번영

을 꾸려나갈 수 있었다.

그러나 역효과도 만만치 않았다. 자연의 본성에 반하는 제도이기에 개인의 생명력은 억압되고 결혼 생활 내내 부자유의 불평과 고통에 신음해야 했다. 하지만 참을 수밖에 없었다. 개인적으로 얻는 이익보다 집단을 통해 얻는 이익이 훨씬 더 컸기 때문이다. 그러나 이제는 시대 상황이 변했다. 개성이 중시되면서 굳이 집단의 힘을 빌리지 않고도 생존할 수 있는 길이 많아졌기 때문이다.

결혼은 극단적으로 말하면 궁할 때, 혼자 적응하기 힘들 때 남과 힘을 합치기 위해 자기를 억누르고 하는 것이다. 궁하지도, 혼자 적응하기 힘들지도, 남과 힘을 합칠 필요도 없는 상황에서 굳이 나를 억누르면서 결혼할 이유는 없다. 먹고 살 일이 막막하지 않고 내 꿈을 실현할 길이 얼마든지 있는데 굳이 함께 살 필요가 뭐 있겠는가 말이다. 그럼에도 불구하고 아직도 결혼할 이유는 있다. 기왕 할 결혼이라면 하되, 몇 가지 낌새가 보인다면 애당초 접으라. 당장 취소해야 하는 10가지 상황은 다음과 같다.

배우자가 감정적으로 어린아이에 머물러 있을 때
당장 취소해야 하는 첫 번째 경우는 상대가 감정적으로 성숙해 있지 않은 데 더해 성숙할 가능성이 희박한 경우다. 결혼은 이익을 더

하기 위해 성인끼리 하는 것인 만큼 어린아이와 살면 끝없는 요구와 투정에 시달리게 된다. 진짜 어린아이는 귀엽기라도 하지만 나이 든 어린애는 징그럽고 짜증만 날 뿐이다. 치유 불가능한 마마보이와 마마걸이 이에 해당한다. 그들은 상대 배우자에게 부모가 되기를 기대하며, 행동도 제멋대로라 바람도 쉽게 피곤 한다.

결혼 초부터 구타를 할 때

이런 결혼은 무조건 빨리 그만둬야 한다. 그래야 한 대라도 덜 맞는다. 구타는 남자만 하는 것이 아니다. 여성이 휘두르는 폭력도 만만치 않고 질적으로는 더 괴롭다. 못 견디게 볶아대고 매달리고 독설을 퍼붓고 멱살을 붙잡고 늘어지고 물건을 부수고 애꿎은 꽃나무를 자르고 수족관을 부숴 물고기를 죽이는 것도 모두 폭력이다. 이런 상대와는 처음부터 만나지도 말고, 만나도 빨리 헤어지는 게 좋다.

타협할 줄 모를 때

인간은 이기적인 존재라 혼자 있을 때가 가장 편하고, 다음이 남을 지배할 때다. 힘이 약하면 약할수록 군집 생활을 하고(쥐), 힘이 강하면 강할수록 홀로 생활하는데(호랑이), 힘이 강한 존재는 자기를 누르면서까지 타협하려고 하지 않는다. 현대인의 결혼 생활이 점점 더 힘들어지고 있는 이유도 돈과 권력이 개입하기 때문이다. 문제는 돈과 권력으로 상대를 누르려 하는 경우다. 결혼은 이득을 얻기 위해 하는 거지 지배 당하려고 하는 것이 아니다.

의심이 많을 때

세상에서 가장 치료하기 힘든 것이 의심이다. 의심이 많은 사람은 항상 상대를 경계하며, 자신이 사랑에 빠지는 것도 기피하고 상대가 사랑에 빠지는 것도 기피한다. 이런 사람과는 따뜻한 인간관계를 맺기가 어려우며, 언뜻 보기에는 신중해 보일 수도 있으나 살면 살수록 힘들어진다. 생각만 할 뿐 행동은 하지 않기 때문이다.

현실을 피하려고 할 때

현실을 피해서 갈 곳은 정신병원뿐이다. 겁이 많고 감정이 발달되지 않아 현실을 피하려고만 하는 사람도 결혼을 하기 위해 종종 용기를 내기도 하는데, 결혼 후 생활이 안정되면 다시 이전의 회피적이고 겁 많은 생활로 돌아간다. 언뜻 내면에 무언가를 품고 있는 듯한 분위기를 연출하기도 하나 대개는 사회적 패배자로 끝나고 만다. 이런 사람은 현실과 부딪치기를 꺼리고 어려움이 닥쳤을 때 피하거나 도망간다.

지나치게 꼼꼼할 때

지나치게 꼼꼼하다는 것은 자신이 만든 틀에서 벗어나지 못한다는 의미다. 이런 사람은 결혼 초기에는 건실한 사람으로 비춰질 수 있으나(7시 땡 하면 집에 오고, 돈도 쓰지 않고, 남들에게 좋은 모습만 보여주려 한다.) 살면 살수록 답답해서 상대를 숨 막히게 한다. 자신뿐만 아니라 가족 모두를 자신의 틀에 집어넣으려 하기 때문이다.

상대에게 자유를 허락하지 않을 때

결혼은 어찌 보면 두 사람 모두 조금 더 행복해지기 위해 하는 일종의 거래다. 행복의 핵심은 자유다. 상대의 자유를 존중하지 않는 배우자와는 살 이유가 없다. 자유가 없다는 것은 곧 죽음이기 때문이다.

거짓말을 밥 먹듯이 할 때

믿음, 소망, 사랑 이 세 가지는 항상 함께 간다. 거짓말에 익숙한 사람은 상대에게 신뢰를 줄 수 없고, 이는 결국 근본적인 사랑에 금을 가게 한다. 거짓말은 현실의 관계는 어느 정도 유지시켜 줄 수 있지만 영혼의 관계에는 치명적인 금을 가게 만든다. 믿음이 깨진 가정은 더 이상 안식처가 될 수 없다.

지나치게 이기적이고 공격적일 때

지나치게 공격성이 강한 사람이 있다. 이런 사람들은 자신의 이익은 포기하지 않으면서 상대에 대한 지배도 늦추지 않는다. 이기심이 강한 사람은 져 줄 줄을 모르며, 상대에 대한 배려도 부족하다. 사람은 누구나 이기적이지만 이 욕망이 지나치게 강한 사람은 주의할 필요가 있다.

인격 장애자인 경우

어떤 정신과 의사는 인격 장애자와는 결혼하지 말라고 한다. 만약 했더라도 빨리 이혼할 것을 권한다. 워낙 고질적으로 굳어져 있어 타협하고 사랑하기가 힘들기 때문이다. 위에 말한 여러 가지 특질들은 사실 모든 사람들이 조금씩이나마 공통적으로 갖고 있다. 문제는 이것이 고질적으로 굳어진 경우인데, 정신과에서는 이런 사람을 인격 장애자라 부른다. 감정적으로 어린아이에 머물러 있는 경우가 굳어진 경우는 의존성 인격장애 또는 자기애적 인격 장애, 구타를 일삼는 경우는 피동공격성 인격 장애, 타협할 줄 모르는 경우는 경계선성 인격장애, 의심이 많은 경우는 편집성 인격 장애, 현실을 피하려고 하는 경우는 회피성 인격 장애, 지나치게 꼼꼼하거나 상대에게 자유를 허락하지 않는 경우는 강박성 인격 장애, 거짓말을 밥 먹듯이 하는 사람은 연극성 인격 장애, 지나치게 이기적이고 공격적인 사람은 반사회성 인격 장애라고 할 수 있다. 이들 증상은 하나씩 나타나기도 하지만 두세 가지가 동시에 나타날 수도 있으니 더욱 조심해야 한다.

이 열 가지를 하나하나 따지다 보면 배우자를 찾는 것은 불가능할 것이다. 누구나 이 중 한두 가지엔 해당할 테니까. 내 생각엔 정이 많고 인내심이 강한 배우자를 구하면 대체로 위의 조건들에서 벗어날 수 있으리라 본다. 문제 있는 사람은 대개 조급하고 충동적이고 이기적이고 회피적이고 발작적이기 때문이다. 부디 실수 없이 선택하길 바란다.

사랑 없는 결혼은
자살이다

성식은 일등 신랑감이다. 일류 대학을 나와 대기업에 취직했으니 남 부러울 게 없다. 연봉도 높고, 꿈도 크다. 그러던 어느 날, 회장실에서 호출이 왔다. 선을 보란다. 성식이 다니는 회사에 미혼 남성이 300명이 넘는데 그중에서 성식이 뽑혔단다. 상대 여성은 압구정동 현대아파트에 산단다.

그렇게 나간 선 자리, 첫 만남부터 스케일이 다르다. '아들을 어떻게 이렇게 잘 키웠느냐.', '평생 돈 걱정하지 말고 살아라.', 'CEO로 만들어 주겠다.' 등등. 여자 측 집안에서 마음에 들어 한 덕분인지 여자도 적극적이다. 만난 지 얼마 되지 않아 농도 진한 스킨십이 오가고, 급속도로 결혼까지 진행되었다. 처갓집에서는 수준 높은 사람들과 살아야 하니 집을 처가 근처에 얻으라고 한다. 그렇다고 집값에 도움을 주는 것은 아니다. 성식이 직장 생활을 하니 전월세로 살란다. 동네가 동네인지라 월세도 엄청나다. 그래, 수준 높은 사람들과 어울리면 좋지! 모자라면 알아서 대주시겠지.

그런데 결혼식장에서 이상한 말이 들린다. 신부 측에서 "신랑이 바뀌었다"고 수군대는 것이다. 기분은 나빴지만 이내 마음을 가라앉혔다. 요즘 연애 한 번 안 해 본 여자가 어디 있어. 그런데 결혼 후부터 분위기가 영 아니다. 신혼여행을 다녀와 처갓집에 갔는데 자리에 앉아보지도 못하고 혼쭐이 났다. 장인 장모가 섭섭하다며 혼쭐을 내는데, 성식으로선 아무리 생각해도 뭘 잘못했는지 알 수가 없다. 결혼해서 둘이 잘 살면 되는 게 아닌가. 대체 뭐가 문제란 말인가. 내가 무슨 신경을 안 썼다고 이러시지? 순간, 뭔가 잘못됐다는 느낌이 스쳐갔다. 아무래도 이상하다.

날이 갈수록 아내와 처가의 태도는 점점 더 이해할 수가 없다. 스트레스가 계속됐다. 특히 성식의 수입과 직업에 대해 계속 토를 달았다. 미래가 불투명하다느니 미국 지사로 발령 받을 줄 알았는데 한국에서 산다느니…… 더 큰 문제는 아내가 내 여자라는 느낌이

들지 않는 것이다. 아내는 그저 자기 엄마, 아빠 눈치만 볼 뿐이다.

성식의 자존심은 점점 뭉개져 갔다. 스트레스도 감당할 수 없을 만큼 쌓였다. 아내에 대한 매력도 점점 떨어져 갔다. 지금까진 말을 하면 잘 듣기에 착한 줄만 알았더니 이제 보니 말귀를 알아듣지 못하는 것이었다. 생각하면 할수록 막막했다. 저런 여자와 어떻게 평생을 같이 사나. 벗어날 수 없는 덫에 걸린 것만 같았다. 그래, 내가 잘못했다. 학창 시절에 좋아하는 여자가 있었는데 결혼만은 어머니 마음을 편하게 하는 쪽으로 한다고 선을 보기 시작한 게 잘못이다. 그녀는 항상 어머니 같은 마음으로 성식을 감싸주고 기운을 북돋아 주곤 했다. 그러나 사랑만 갖고 결혼하기엔 성식에게 다가온 조건이 무척 유혹적이었다. 집도 사주고, 차도 사주고, 유학도 보내주고. 어머니도 마음에 들어하시는 것 같아 눈을 돌린 게 실수였다. 그래, 다 내 잘못이다. 사랑 없는 결혼의 당연한 결과다. 하루하루 견디며 살아야 한다고 생각하니 생지옥이 따로 없었다. 아내만이라도 성식의 편이 되어 주면 좋으련만 아내는 친정 부모 말이라면 무조건 따른다. 이게 사는 거란 말인가!

성식의 발길은 어느새 건물 옥상을 향하고 있었다. 지금껏 승승장구하며 살아왔는데 한 순간에 이렇게 무너지다니. 결혼은 참으로 무서운 것이다. 그래, 죽자. 내가 죽는 게 최선이고 최고의 복수다.

순간, 휴대전화 벨이 울렸다. 어머니였다. 아들이 걱정돼서 전화를 한 것이었다. 순간 퍼뜩 정신이 들었다. 내가 지금 무슨 짓을 하려는 거지. 내가 왜 저들 때문에 죽으려 하지? 어머니가 나를 어떻게 키우셨는데! 성식은 마음을 고쳐먹고 다시 건물을 내려왔다. 그러나 마음속의 고통은 사라지지 않았다. 그래, 이건 덫이야. 덫!

덫에 걸려 옴짝달싹 못한다고 생각하니 미칠 것 같았다. 덫에 걸려 허우적대던 성식은 결국 정신과를 찾았다. 의사는 급성 정신병적 반응이라며 성식에게 주사를 놔 주었다. 주사를 맞고 잠을 푹 자고 나니 조금 살 것 같았다. 다음 날, 성식은 다시 의사를 찾아가 자신의 얘기를 털어놓았다. 성식의 얘기를 듣고 난 의사는 일언지하에 이혼할 것을 권했다.

"성식 씨, 당장 이혼하세요. 그런 결혼을 왜 계속하고 있죠? 살고 싶으면 빨리 이혼하세요. 사랑 없는 결혼은 자살과 다름없어요."

성식의 결혼이 실패할 수밖에 없었던 이유는 다음과 같다.

먼저, 둘 사이엔 사랑이 없었다. 사랑 없는 결혼은 동업일 뿐이다. 동업은 100% 망하고 동업자끼린 서로 원수가 된다. 처음부터 이익을 염두에 두고 뭉쳤기 때문이다. 이익은 따지는 쪽에서 보면 어떻게든 손해다. 자기중심적으로 생각하기 때문이다. 하지만 당하는 쪽에서는 무척 분하고 억울하다. 공정하지 않기 때문이다. 사람은 아무리 많은 이익을 얻는다 해도 공정하지 않은 것은 참지 못한다. 나를 참고 억누르면서 집단에 협조했는데 누군 많이 갖고 누군 적게 갖는다면 그 집단은 흔들린다. 그래서 공정을 기하는 것은 사회적 동물인 인간의 독특한 본능이다. 돈을 못 벌어도 공정하면 만족하지만 아무리 많이 벌어도 공정하지 못하면 불만이 생긴다. 그래서 공정하지 못한 그룹은 반드시 깨진다.

사랑은 이런 불공정함을 뛰어넘고 감싸 안는 유일한 방법이다. 사랑하는 사람을 위해서는 목숨까지 바치는 게 인간이니까. 그러나 성식 부부처럼 사랑 없이 이익만 따져 성사된 결혼엔 필연적으로 불공정함이 따른다. 그것은 결국 상대의 본능에 깊은 상처를 주고 원수로 만들 뿐이다.

두 번째는 성식의 부인이 자라온 환경의 영향 탓이다. 성식의 부인은 아마도 매우 행복한 가정에서 성장했을 것이다. 부모 형제가 완벽했기에 가정 생활이 최고의 행복이었고, 그래서 다른 사람들과 관계를 맺을 필요를 느끼지 못했을 것이다. 이는 결국 성식의 부인을 대인 관계, 이성 관계, 사회 관계에 미숙한 여성으로 만들었다. 가족만이 최고로 믿을 만한 존재고 행복을 주는 존재이므로 낯선 사람들과 굳이 좋은 관계를 맺지 않았을 것이다. 사람들과의 관계 속에선 반드시 딜deal을 해야 관계가 발전하는데, 무조건적으로 퍼주기만 하는 가족에 비해서는 별로이기 때문이다. 그것은 남편에게도 마찬가지다. 나이가 들어 부모님이 시키는 대로 결혼을 하긴 했지만 남편을 믿고, 남편에게 마음을 열고, 남편을 사랑하며 함께 하기는 싫다. 결혼을 해도 최고의 존재는 부모님이 계신 곳, 즉 친정이기 때문이다. 성식의 아내는 남편보다는 친정 식구들과 있을 때 더 행복하고 안정된 기분을 느꼈을 것이다. 그렇다 보니 남편과 함께 하는 게 없다. 남편은 오직 돈 벌어 오는 기계일 뿐이다. 성식의 입장에선 난감하다. 결혼을 했는데도 내 여자가 아니다. 퇴근을 해도 재미가 없고, 아내와 공유하는 게 없으니 집이 지옥 같다.

인간은 사랑 없이는 살 수 없다. 사랑 없이 결혼하면 결혼과 동시에 다른 사랑을 꿈꾼다. 사랑 없는 결혼은 무수한 바람을 수놓고, 이는 결국 모두에게 치명타를 줄 뿐이다.

사랑 없는 결혼이 왜 위험한지 알겠는가? 사랑 없는 결혼은 그 자체가 자살이다.

한국 놈들은
돈 버는 것 외에는
쓸모가 없어

성혁은 선을 보고 나오며 분통을 터트렸다. 어떻게 저럴 수가 있을까? 긴장하며 약속 장소에 나갔더니 여자가 의자에 비스듬히 몸을 눕힌 채 눈을 가늘게 뜨고는 성혁의 조건에 대해 이리저리 묻는다. 얼굴도 못생긴 게 자기 조건은 생각도 않고 조건 좋은 남자만 찾는 것이다. 참을 '인(忍)' 자를 꾹꾹 새기며 얘기를 하고 밥까지 먹고 나왔으나 분통이 터지는 것은 참을 수 없었다. 어떻게 저리 뻔뻔할 수 있지. 오늘 쓴 돈만 십만 원이 넘었다. 한 잔에 만이천 원이나 하는 커피에 비싼 스테이크에……. 이렇게 몇 번 선 보다 보면 돈 몇백 깨지는 건 시간 문제일 것 같다. 게 다가 뭘 그리 당당하게 남의 재산에 대해 꼬치꼬치 캐묻는지. 그러면서 자신에 대해 조금이라도 물으려고 하면 속물 취급을 하며 대답을 거부하고 눈을 가늘게 뜬다. 성혁은 구역질이 나오는 걸 억지로 참고 최대한 예의를 갖추고 헤어졌다. 그러나 생각하면 할수록 면전에서 욕을 해 주지 못한 게 분하고 또 분하다.

한국 여자들은 의존심이 지나치게 강하다. 아니, 100% 남자에게 의존하려는 듯하다. 어떤 한국 남자가 일본 여성과 데이트를 하기 위해 버스 정류장에서 기다렸다고 한다. 그 여성은 남자가 기다리는 것을 보곤 눈물을 흘렸단다. 또 어떤 일본 여성은 한국 남자가 고급 레스토랑에서 스테이크를 사주는 모습에 눈물까지 흘리며 고마워했다고 한다. 더치페이가 당연한 그들로선 한국 남성의 호의가 눈물을 흘릴 만큼 고마운 일이었던 것이다. 성혁은 한국 여성들의 심리를 도대체 이해할 수가 없다.

성혁의 얘기에 공감하는 남성들이 많을 것이다. 성혁과 비슷한 경험을 한 남성도 무수히 많을 것이다. 성혁 씨 얘기를 좀 더 해 보자.

성혁은 자신의 형을 도대체 이해할 수가 없다. 왜 하필이면 형수 같은, 아니 이젠 형수라 하기도 싫은 여자와 결혼해서 그러고 사는

지 이해가 되지 않는다. 왜 남자는 결혼할 때 집을 해 가야 하는 건지 그것도 이해되지 않는다. 형은 강남에 17억짜리 아파트를 준비해 결혼을 했다. 그러면 알콩달콩 잘살 줄 알았다. 그런데 아니었다. 심지어 장모라는 사람은 형에게 말도 안 되는 곳에 투자하라고 사기까지 쳤다. 어떻게 사위한테 그럴 수가 있는지. 사위가 자기 식구라고 생각했다면 그럴 수 있을까? 남이라고 생각했으니 가능했던 일이다. 그런데도 형은 해해거리며 형수와 산다. 아이들 때문이란다.

성혁은 재미 삼아 종종 결혼상담소에 가곤 한다. 그런데 갈 때마다 분통이 터진다. 어떻게 여자들은 하나같이 똑같은지. 여성들이 가장 선호하는 이상형은 키 178cm 이상, 33살의 성형외과 원장이란다. 더 기가 막힌 것은 별 볼일 없는 여성까지 그런 조건의 남자를 바란다. 어이가 없다. 본인 주제도 모르고.

사실 성혁은 변두리긴 하지만 작은 아파트 한 채와 목이 좋은 곳에 상가를 가지고 있다. 운 좋게 상가 앞으로 지하철역까지 들어올 예정이라 전망도 좋다. 앞으로 값이 오르면 굳이 직장 생활을 하지 않아도 먹고 살 수 있을 정도다. 이를 믿고 결혼상담소 상담원에게 거액의 자산가인 양 행세했더니 일급 클럽에 가입하란다. 일급 클럽은 셋으로 나뉘는데 플래티넘 클럽, 노블레스 클럽, 골드 클럽이란다. 플래티넘 클럽은 가입비만 400에서 1,000만 원으로, 재산이 50

억 이상에 키가 170cm 이상인 일급 공무원이나 장차관·대기업 사장 자제, 전문직(의사, 변호사, 변리사 등등)이 해당한다고 한다. 그보다 한 단계 아래인 노블레스 클럽은 가입비가 200만 원 이상인데 재산이 30억 원 이상인 집안이 든다고 한다. 그리고 그 아래 단계인 골드 클럽은 가입비가 100만 원이다. 이는 남자의 조건이고 여성의 경우는 미모가 뛰어나면 다소 조건이 미흡해도 들어갈 수 있단다. 사법고시에 붙어 사법연수원에 들어가도 등급이 나뉜단다. 서울대 출신이면 200등까지, 연고대 출신이면 100등까지, 그 외 대학 출신이면 50등까지 쳐준다나 뭐라나. 이건 완전히 사람 가지고 장사하는 것이나 다름없다. 한 번 들어가 상담을 하고 신상명세를 밝히니 결혼 정보 매니저가 수시로 가입을 강요하는 전화를 해댄다. 발끈한 성혁이 요즘 여자들은 싸가지가 없다고 하니 그쪽에서 이런 대답이 들려온다.

"철이 없다……. 흠……, 고객님보다 부자 많아요. 여기 온 여자들 남자 돈 보고 온 거 아니에요."

성혁이 이런 얘기를 여자 동창에게 하니 묵묵히 듣다가 한 마디 한다.

"그래서 한국 놈들은 돈 버는 것 외에는 쓸모가 없어. 돈밖에는 생각할 줄 모르니 말이야."

드러내라,
그리고 함께
발전해 나가라

"너무 외롭고 힘들어서 남모르게 죽고 싶은 적이 있었어요. 호텔방에 들어가 죽진 못하고 결심만 하게 됐죠. 둘째를 낳는 즉시 가족을 떠나기로 그렇게 한 거예요. 어느 날 아침 식사 준비를 끝내고 버스를 타고, 그렇게 떠났어요. 편지만 남긴 채. 그 후 캐나다에서 사서로 일했어요. 내가 한 일을 후회한다고 말할 수 있다면 좀 편할 수 있겠지만 부질없는 짓이죠. 다른 선택이 없었으니까요. 하지만 다 변명일 뿐 누구도 용서하지 못할 짓이 됐어요. 죽음보다 삶을 선택한 거지만."

영화 〈디 아워스The Hours〉의 한 대목이다. 둘째 아이를 낳자마자 집을 나간 엄마가 아이가 죽었다는 연락을 받고 돌아와서 한 말이다. 이 영화를 보면서 두 장면이 인상 깊었다. 하나는 부인이 남편 생일에 조악한 케이크를 만들어 놓곤 머쓱해 하는 장면이고, 다른 하나는 엄마가 자살 기도를 하기 위해 아이를 강제로 떼놓고 떠나자 아이가 적개심에 차서 장난감 집을 부수던 장면이다. 그때 아이의 눈빛이 참으로 인상적이었다. 자기를 버린 엄마에 대한 분노였을 것이다. 그렇다면 엄마는 왜 그런 참혹한 결정을 했을까? 우울증 때문이었다. 아마도 그 엄마는 살면서 대인관계도 그렇고 사회관계 속에서도 충분한 경험을 하지 못했을 것이다.

언젠가 〈타임〉지에 이런 글이 실렸다.

아기들의 뇌세포는 자극을 갈구한다. 그러나 애정 어린 자극이어야 하며 3세 이전일수록 효과가 크다. 아기를 잘 다루는 유모나 보육 전문가도 있지만 중요한 것은 아기를 달래는 것보다 아기와 놀아주는 것이다. 어머니와 갓난아이가 서로 꼭 말귀를 알아듣는 것처럼 대화를 나누는 것은 좋은 자극이 된다. 태어날 당시 아기들의 뇌세포는 1천억 개. 뇌세포를 연결해주는 1조 개의 신경교세포도 만들어진다. 그러나 모두 제각각 따로 떨어져 있는 원시적 상태다. 두뇌신경회로가 제대로 형성되기 위해선 뇌세포끼리 연결돼야 하며, 이때 방아쇠 역할을 하는 것이 외부 자극이다. 외부 자극을 많이 받으면 받을수록 뇌세포 사이의 연결은 원활하게 되어 환경에 효율적으로 반응하게 된다. 실제 외부 자극을 많이 받은 어린이는 그렇지 못한 어린이보다 뇌의 크기가 20~30% 가량 더 크다는 연구결과도 나와 있다. 뇌세포의 활동이 가장 활발한 시기는 3세 이전이기 때문에 이때 충분히 애정 어린 자극을 주어야 한다.

정신과 의사인 밥 머레이Bob Muray와 행동심리 전문가인 알리샤 포틴베리Alicia Fortinberry는 이렇게 말했다.

"경험마다 신경연결이 이루어지거나 강화되며, 해당 연결을 사용하지 않으면 급속도로 사라져 버린다. 따라서 경험이 여러 번 반복되면 해당 연결도 강화되고, 이런 방식으로 뇌는 특정 행동에 특화된다."

인생에서 경험은 소중하다. 경험을 할 때마다 신경연결이 이루어지거나 강화되기 때문이다. 신경연결이 많고 강해야 정보 전달이 빠르고 다양하게 이루어진다. 이때 인간은 순발력을 발휘하고 효율적으로 적응할 수 있다. 그러나 꼭 직접경험을 해야만 신경연결이 이루어지는 것은 아니다. 간접경험을 해도 신경 연결은 이루어진다. 뇌는 직접경험과 간접경험을 크게 구분하지 않기 때문이다. 〈디 아워스〉의 엄마는 가출 후 캐나다에서 사서로 근무하면서 책만 읽었을 것이다. 부족한 경험을 간접 경험으로 채우기 위해서였을 것이다. 신경연결이 부족한 사람은 신경연결이 풍부한 사람과 어울리기 힘들다. 자신이 얼마나 부족한지, 얼마나 바보 같은지가 금세 드러나기 때문이다. 그래서 그들을 상대방을 피하는 것으로 일관한다. 이것이 심해지면 가출, 나아가 자살에 이를 수도 있다.

김수현 작가의 〈무자식 상팔자〉라는 드라마에서 한 의사는 부인과 이혼한 이유를 이렇게 밝혔다.

"여자가 책이라곤 한 권도 안 읽었는지……."

전 부인의 미숙함을 지적한 말로, 결혼 전엔 몰랐는데 결혼하고 나니 부인의 부족한 점이 여기저기서 튀어나오자 실망해서 한 말이다. 그런데 대다수 여자들이 이렇다. 늑대들이 우글거리는 세상에서 여자들은 자신을 지키기 위해 위축된 채 생활할 수밖에 없었고, 예쁜 것만 쫓는 남자들 눈에 들기 위해 외모를 꾸며야 했다. 결혼해서 아이를 낳고 키우면서는 육아와 가사에 쫓기느라 남자들만큼 많은 경험을 쌓을 기회가 없다 보니 자연스럽게 신경연결이 부족해질 수밖에 없었다. 그렇다고 남편에게 순종하고 참으며 끌려 다니고 싶진 않다. 하지만 부딪치면 부딪칠수록 부족한 논리가 드러난다.

그런데 이렇게 경험이 적어 신경연결이 부족해도 확고하게 연결

돼 있는 두 가지가 있다. 바로 싸우기fight와 도망가기flight. 아무리 신경연결이 부족해도 원시 적응 방식은 기본적으로 가지고 있기 때문이다. 즉 살기 위해 싸워야 할지, 도망가야 할지를 순간적으로 판단해야 했던 오랜 습관이 본능처럼 내재되어 있다는 것이다.

여자는 결혼과 동시에 피할 수 없는 다양한 상황과 마주하는데, 이에 대응하기 위해선 악을 쓰고 싸우거나 도망갈 수밖에 없다. 그것을 일일이 지적당하거나 비교당하면 살 수가 없다. 나도 나의 못남을 비난하고 자책해야 하기 때문이다. 〈디 아워스〉의 엄마도 더 이상 못난 모습을 보일 수 없어 아이를 낳자마자 버리고 도망갔을 것이다. 그리고 한평생 부족한 신경연결을 채우는 공부만 한 것이다.

신경연결이 부족한 사람은 타인과 관계를 지속할 수 없다. 정체가 곧 드러나기 때문이다. 물론 외도를 하는 정도의 관계는 맺을 수 있다. 잠깐 동안은 정체를 감출 수 있기 때문이다.

남성들이여, 애인이나 부인의 바람, 우울증, 가출, 극단적으로는 자살이라는 비극을 맞지 않으려면 여자들을 감싸주라. 여자는 처음부터 부족했던 것이 아니라 여자로 태어나 자신을 지키고, 예쁘게 가꾸고, 아이를 낳고 키우느라 자신을 계발할 시간이 상대적으로 부족했을 뿐이다.

여성 또한 마찬가지다. "아이 키우느라 바빠서", "살림 하느라 시간이 나질 않아서"라는 핑계는 집어치우라. 자기 계발에 소홀한 여자는 사랑 받을 자격이 없다. 언젠가 대형 수족관에서 만난 부부의 모습이 기억에 남는다. 둘은 마치 처음 만나 연애하는 것처럼 달뜬 표정과 설레는 눈빛으로 서로를 바라보고 있었다. 남녀가 사랑을 느끼는 기간은 길어야 3년이라는데, 난 그 말을 믿지 않는다. 두 사람이 얼마나 노력하느냐에 따라 그 기간은 얼마든지 길어질 수 있다. 두 사람의 사랑이 2~3년 만에 끝나는 것은 바보 같은 정체가 드러나고 그 바보 됨을 슬기롭게 극복하지 못했기 때문이다.

경험 부족을 극복하기 위해선 그걸 그대로 드러내면 된다. 모자라면 모자라는 대로, 서툴면 서툰 대로 솔직히 표현하고 이해하다 보면 자기 계발은 물론 상대의 사랑도 받을 수 있다. 가장 나쁜 것은 정체가 드러날까봐 무조건 피하는 것이다. 드러내라, 그리고 함께 발전해 나가라. 이것이 풍부한 신경연결을 만드는 가장 빠른 방법이고, 가장 좋은 자기 계발이다.

그래,
나름 현명한 삶이지

카페에서 느긋하게 시간을 보내고 있는 중년의 민수, 옆에서 들려오는 아줌마들 수다에 눈을 뜬다.

"그 집 딸이 둘 있는데 같은 아파트 같은 동에 산대."

"요즘 딸 가진 집 중에 그런 집 많대. 그런데 요샌 이혼을 그렇게 많이 한다네."

"그러게. 이혼율이 오십 프로가 넘는대. 그 이유 중에 하나가 장모가 시시콜콜 간섭해서래. 요즘 엄마들은 딸한테 살림을 안 가르쳐서 시집 보낸다네. 공주처럼 키워서 공주대접 받기만 바란다는 거야."

"하긴 아들은 왕자처럼 키우고 딸은 공주처럼 키우니 가정이 제대로 돌아가겠어? 왕자, 공주로 남는 거지."

"그래서 요즘 아들 가진 집은 걱정이 태산이라잖아."

"미국이 그렇다며. 미국에는 딸 집에 장모용 주방이 따로 있데. 미국에서도 장모와 사위 사이가 그렇게 안 좋대."

"옛날엔 시집살이 한다고 했지만 요샌 장모살이래."

그녀들의 대화는 어느새 손자 키우는 얘기로 넘어갔다.

민수는 문득 미국에 간 딸이 생각났다. 딸은 중학교 때부터 미국에서 학교를 다녔는데 딸의 말에 의하면, 그 학교 여자 아이들의 한결같은 생각은 결혼해서 아이 낳고 이혼해서 양육비 받아가며 잘 사는 것이란다. 한 남자의 여자가 되거나 경제적으로 쪼들리며 살고 싶진 않고 아이는 가지고 싶으니 남자에게선 아이만 얻은 뒤 이혼 후 평생 양육비를 받으며 편히 살겠다는 것이다.

그래, 나름 현명한 삶이다. 한 번뿐인 인생 내 인생의 주인으로 재밌게 사는 것보다 좋은 게 어디 있겠는가. 그런데 걱정이다. 요즘 같은 풍토에서 며느리를 들여야 하는 입장에선.

부모걸

수혁은 생각하면 할수록 열불이 났
다. 아내와 이혼하고 새로운 사람을 만나 다시 가정을 꾸리고 아이
도 낳았건만 그때의 충격과 고통은 아직도 가시지 않는다. 아무리
생각해도 이혼할 이유가 없었다. 아내는 상습 폭력이라며 보호명령
을 신청하고 결국 이혼으로 몰고 갔지만 내가 무슨 폭력을 썼단 말
인가. 답답해서 다소 과하게 흥분했을 뿐이다. 그런데 그걸 상습 폭
력이라니……. 답답한데 소리도 못 지른단 말인가. 그렇다면 아내도
폭력을 쓴 것이다. 주먹만 안 썼지 날 무시한 건 폭력이 아니란 말인
가. 내가 폭력 남편이라면 지금의 아내와는 어떻게 이렇게 잘 살 수

있단 말인가.

전 처가 노린 것은 폭력 남편에게서 벗어나는 게 아니라 이혼, 그리고 돈이었다. 수혁을 고소하고 합의 조건으로 이혼을 요구하는 아내의 태도는 그야말로 가관이었다. 오직 돈뿐이었다. 과연 27년을 함께 산 여자가 맞나 싶었다. 결국 이혼해 줄 수밖에 없었다. 빚까지 내서, 하지만 사랑하는 두 아들을 생각해 위자료도 넉넉히 챙겨 주었다. 나이 든 여자에게 중요한 것은 돈과 아이들뿐이었다.

그때 수혁에게는 50억 원이란 큰돈이 있었다. 갖고 있던 부동산을 전부 팔아 캐나다로 이민을 갔었다. 캐나다 법은 여성에게 매우 유리했다. 소송 중에 보인 장인과 장모의 태도는 가관이었다. 집으로 찾아가 아무리 벨을 눌러도 나오지 않았다. 어떻게든 이혼시키기 위해 부추기는 사람들 같았다. 죽어도 시집 귀신이 되라고 하면서 친정 근처엔 발도 못 붙이게 했다던 옛말은 거짓이었다. 아무리 생각해도 이혼의 원인은 수혁의 폭력 때문이 아니었다. 왜? 수혁은 폭력을 쓴 적이 없으니까. 겁먹으면 다 폭력이란 말인가? 피해 의식을 가진 사람이 고소하면 다 폭력이란 말인가?

수혁은 이제야 알 것 같다. 자신이 토사구팽 당한 것을. 결혼해서 돈 벌어주고 아이 낳아 키우게 해 주고 살다 더 이상 이용가치가 없어지니 버림받은 것이었다. 참다참다 화를 삭이지 못하고 정신과 의

사인 후배를 찾아가 속마음을 털어놓으니 이렇게 말한다.

"형수님이 온실의 화초처럼 곱게 자랐다고 했죠? 지금도 대인관계는 거의 없고요. 그렇다면 형수님은 부모걸입니다. 부모걸은 부모가 곁에 있을 때를 제외하고는 힘을 못 써요. 그렇다 보니 부모의 사랑만을 바랄 뿐 남편의 사랑은 바라지 않습니다. 그러나 아이는 원해요. 아이도 아이는 좋아하니까요. 물론 돈도 엄청 바라고요. 왜냐고요? 돈은 제2의 부모거든요. 하지만 남편은 원치 않습니다. 특히 이용 가치가 없는 남편은 더더욱 원하지 않아요. 그 부모도 마찬가지고요. 자기네가 아직 젊고 경제력이 있으니 딸이 아이들과 돈만 두둑이 챙겨오면 딸이 행복할 수 있다고 믿어요. 그래서 이런 일을 벌이는 겁니다. 그러나 형님만 손해는 아니에요. 부모걸과 계속 살다가는 형님만 병들거든요. 부모걸은 어른의 세계에선 성숙한 관계를 맺지 못하니까요. 부모걸은 나이가 들면 들수록 겁을 먹고 불안한 생각이 들어 자기만의 껍질 속으로 움츠러들어요. 마치 달팽이처럼. 달팽이와 무슨 재미로 살겠어요? 그러니 너무 억울해 마시고 재혼하세요. 성숙한 여자를 만나세요. 그럼 지금까지 맛보지 못했던 행복을 누릴 수 있을 겁니다. 이 상황에서 형님이 할 수 있는 것은 아무것도 없어요. 그들은 더 이상 형님을 필요로 하지 않으니까요."

그러고 보니 후배 말이 맞긴 맞았다. 아내는 나와 이혼한 뒤에도 집에서만 지낸다고 했다. 아이들과 헤어지는 것은 가슴이 아프지만 이렇게 후배의 말을 듣고 보니 일단 진정이 된다.

　그 후로 수혁은 부지런히 여자를 소개 받았고, 재혼에도 성공했다. 사업도 다시 시작했다. 두 번째 부인은 연극도 하고 사업도 하는 매우 활동적인 여자였다. 두 번째 결혼은 이전과는 완전히 달랐다. 싸울 일이 없었다. 싸움은커녕 화 한 번 낼 일이 없었다. 두 번째 부인과의 사이에서 그토록 원하던 예쁜 딸도 낳았다. 가정생활이 행복하니 사업도 승승장구해 캐나다로 가기 전만큼 재산을 다시 모을 수 있었다. 문득 전처가 한 말이 생각났다. "캐나다 가기 전 수혁이 직장생활을 하면서 돈 벌어다 줄 때가 가장 행복했다."던.
　이상하게 아내는 수혁이 집에 없는 것을 좋아했다. 늦게 퇴근하거나 출장을 간다고 하면 오히려 더 반기는 기색이었다. 수혁이 가정적이라 그렇지 다른 남자 같았으면 바람을 피워도 열 번은 더 피웠을 것이다. 가장 큰 잘못은 수혁이 직장생활을 접고 가족과 함께 캐나다로 가겠다고 결정한 것이었다. 수혁은 캐나다에 가서 근사한 전원주택에 들어가 단란하게 사는 걸 꿈꿨는데 아내의 꿈은 달랐다.
　아내는 처음부터 부부 관계에 적합한 여자가 아니었다. 그저 혼자 조용히 있는 것을 좋아했다. 결혼 생활을 유지하려면 수혁은 무조건 일만 열심히 해야 있다. 어느 정도 돈이 있다고 일을 그만둔 게 잘못이었다. 집에 일찍 들어가는 것, 아니 아무 데도 나가지 않고 집에만 있던 게 문제였다. 시간은 많은데 그 시간을 어떻게 써야 할지 몰랐다. 수혁도 모르고 아내도 몰랐다. 주체할 수 없이 남아도는 시간이 짜증나 소리 한 번 질렀다고 대뜸 가정 폭력범이 됐다. 수혁은 자신도 모르게 눈물이 났다.

수혁의 부모님은 수혁이 어렸을 때 이혼했다. 그로 인해 할머니, 할아버지 손에서 자라야 했고, 이로 인해 수혁은 단란한 가정에 대한 그리움을 많이 안고 자랐다. 할머니, 할아버지가 아무리 잘해 줘도 뭔지 모를 허전함이 남았다. 그래서 결혼을 서둘렀다. 아내가 엄마 역할을 대신해 주길 바라면서. 그러나 결과는 실패하고 말았다. 수혁에게 있어 가정이 망가진다는 것은 어릴 적 부모를 잃은 그 춥고 외로운 시절로 다시 돌아가는 것과 같았다. 어떻게든 이혼만은 막기 위해 발버둥치며 매달렸건만 아내는 차가웠다. 그래, 수혁에게도 잘못은 있었다. 수혁은 아내에게 지나친 기대를 했다. 어릴 적 부모에게 받지 못한 사랑을 아내에게서 받길 원했다. 심수봉 노래 가사처럼 '서러운 세월만큼 안아주기'를 바랐다. 그러나 아내는 엄마가 아니었다. 그러나 수혁 옆에는 아무도 없었다. 또한 수혁은 다른 사람들과도 늘 거리를 두었다. 누군가를 사귀어도 관계가 깊어질 것 같으면 먼저 거리를 두었다. '부모도 날 버리는 판에 누굴 믿는단 말인가'라는 생각으로 말이다.

수혁은 한숨을 쉬며 술 한 모금을 털어넣었다. 이미 다 지나간 일이거늘 가끔씩 이런 과거가 떠오를 때면 괴롭다. 그래, 잊자. 다 지나간 일이다.

수혁이 집을 비운 날, 장인이 재혼한 아내에게 전화를 걸어왔다고 한다. 장인은 이런저런 걸 세세하게 물으며 오랜 시간 통화를 했는데, 아내는 마치 아이의 친할아버지에게 전화를 받은 듯한 착각마저 들었다고 한다. 장인이 전화를 해 온 의도가 궁금했다. 사위를 버리고 딸과 돈을 택한 자신의 판단이 얼마나 옳았는지 확인해 보고 싶어서였을까? 아니면 내가 어떻게 사는지 궁금해서였을까? 수혁은 갑자기 삶에 대한 의욕이 생겼다. 그래, 누구의 삶이 행복한지 보자. 잘 먹고 잘 살아라. 나도 잘 먹고 잘 살 테니. 나는 거기에 하나 더 보태 화목한 가정을 꾸리고 좋은 부모가 될 것이다. 그리고 내 딸에게는 무슨 일이 있어도 당신 같은 장인이 되진 않을 것이다. 딸이 의지해 와도 내칠 것이다. 그것이 내 딸을 진정 행복하게 하는 일이니까. 행복은 부부가 함께 노력할 때 누릴 수 있는 것이지 부모가 간섭하며 관리한다고 해서 얻어지는 게 절대 아니다. 편하다고 행복한 게 아니라 부부가 서로 사랑할 때 행복한 것이다.

그러던 어느 날, 수혁에게 편지가 한 통 도착했다. 장인에게서 온 것이었다.

"김 서방! 아니 수혁 군! 본의 아니게 수혁 군에게 고통을 많이 주게 돼 미안하네. 내 딸과 이혼하는 과정에서 자네가 많은 아픔을 겪었으리라 생각하네. 나에게도 많이 섭섭했겠지. 집까지 찾아왔는데 문조차 안 열어줬으니 말일세.

이제와 고백하네만, 나에게도 사정이 있었으니 이해해 주게. 내 딸이 이 지경이 된 것은 내 탓이 크네. 나는 이북에서 홀로 내려와 생존을 위해 온갖 고통을 겪었다네. 그 탓인지 내 핏줄 이외에는 아무도 믿지 못하는 나쁜 버릇이 있다네. 내 딸도 이런 내 영향을 받아서인지 도무지 다른 사람들과 어울리려 하지 않네.

어렸을 때부터 딸에게는 가족이 유일한 행복이었다네. 우리는 딸을 애지중지 키웠네. 그러다 보니 친구도 없고 오로지 집에서 노는 것만 좋아했지. 집에서는 늘 행복했으니까. 나도 그렇게 예쁘게 자라는 딸을 흐뭇하게만 바라보았네. 그러다 딸이 혼기가 꽉 차자 문득 겁이 났다네. 내 딸이 과연 결혼할 수 있을까? 많은 사람들에게 선을 보였지만 전부 달아나고 말았네. 저렇게 사회성이 없는 여자와 어떻게 사느냐면서 말이야. 그래서 자네가 덜컥 내 딸과 결혼하겠다고 했을 때 얼마나 고마웠는지 모르네. 그치만 난 항상 불안했다네. 과연 내 딸이 결혼 생활을 잘할 수 있을까?

다행히 자네는 부모님이 이혼하시고 형제자매도 없다고 하니 내 딸의 문제는 불거지지 않았다네. 정말이지 자네는 내 딸에게 잘 맞는 남편이었다네. 일도 열심히 하고, 돈도 많이 벌어오고, 사람들과도 잘 어울리지 않고. 게다가 자네는 우리 집에 자주 찾아와 주었지. 덕분에 딸은 우리 집에서 자랄 때와 별다를 것이 없는 환경 속에서 행복하게 지낼 수 있었다네.

그런데, 자네가 캐나다로 이민을 간다고 하니 나는 겁이 덜컥 났다네. 내 딸이 잘 적응할 수 있을까? 역시나 걱정은 맞아 떨어졌다네. 아무 일도 하지 않고 집에만 있는 자네를 딸이 못 견디기 시작한 거지. 딸은 자네의 부인이긴 하지만 자네를 절대적으로 신뢰하고 있는 것은 아니었네. 자네도 모르게 마음의 벽을 치고 있었던 거지. 가족 외에는 평생 누구에게도 마음을 열지 않은 아이인데 자네라고 달랐겠나. 결국 자네는 그 상황을 견디지 못하고 극도로 흥분하기 시작했고 딸은 겁이 나 경찰에 신변보호를 요청했네. 자라면서 한 번도 폭력을 경험해 보지 못한 아이기에 딸은 자네의 흥분을 견디기 힘들었을 거야. 그리고 그 분노가 무서웠던 딸은 나에게 구원을 요청했다네. 그때 나는 많이 생각했다네. 딸을 야단쳐서 그 상황을 견디게 해야 할 것인지, 아니면 딸의 구원 요청을 받아들여 자네를 멀리하게 할 것인지를 말이야.

오랜 궁리 끝에 나는 딸의 요청을 받아들이기로 결정했다네. 그 아이가 아무래도 상황을 견디지 못할 것 같아서 말이야. 이제 와서 하는 말이지만 내 딸은 결혼 전에 정신과 치료를 받은 적이 있다네. 고립된 생활을 하다 보니 알 수 없는 우울증이 생겼다네. 그때 정신과 의사는 조금 적극적으로 사회생활을 해 보라고 권했네. 그러나 딸은 여전히 고립을 택했어. 다소 우울하더라도 고립이 편하다고 생각한 모양일세. 그때도 그러했는데 결혼했다고 크게 달라질 수 있었겠나. 아마 억지로 바꾸려고 했다면 내 딸은 죽음 같은 고통을 겪어야 했거나, 죽음을 선택했을 수도 있네. 결국 나는 딸을 살리기 위해 어쩔 수 없이 자네를 버릴 수밖에 없었네.

자네에게 모질게 대한 것 미안하네. 그래도 지금 자네가 새로운 가정을 꾸리고 행복하게 사는 것 같아 내 마음이 한결 가볍네. 그래, 자네는 이렇게 다시 자네 길을 가야지. 내 딸은 이제 어쩔 수가 없네. 우리와 이렇게 평생 사는 수밖에. 나나 애미가 죽고 난 다음엔 어떻게 살지 걱정이지만 그건 그때 가서 생각할 일이지. 아무튼 우릴 너무 원망하지 말고 잘 살아주게. 앞으로 우리가 자네에게 피해 가게 하는 일은 결코 없을 걸세.

자네가 아이들과 연락하거나 만나고 싶어 한다면 적극 협조하겠네. 그럼 몸조심하게."

편지를 읽고 수혁은 한동안 멍하니 있었다. 아내의 정신병력을 모른 채 결혼했던 것이 억울하기보다는 아내를 이해하고 감싸주지 못한 게 미안했다. 어떻게 보면 아내와 수혁과 비슷한 처지였던 것이다. 아내는 부모와 사는 것이 너무 행복해서, 수혁은 부모가 지나치게 그리운 나머지 다른 사람들을 멀리했던 것이다. 그런 아내를 가족과 떨어트려 놓으려 했으니 아내도 무척 힘들었을 것이다.

수혁은 눈앞의 맥주 거품을 파도처럼 들이켰다. 그리곤 목을 타고 내려가는 거품과 함께 아내와 장인 장모에 대한 원망도 삼키기로 했다. 그래, 모두가 불쌍하다. 누구를 원망하고 누구를 탓하겠는가. 내 운명을 받아들이자. 이제부터 시작이다. 이제부터 진짜 내 인생을 살자.

진실이 있는 줄
알았는데
현실이 있더라

홍 여사는 기가 막혔다. 딸이 신혼여행에서 돌아오자마자 이혼하겠다고 했기 때문이다. 신혼부부 이혼율이 높아졌다는 말은 들었지만 그게 딸의 얘기가 될 줄은 꿈에도 몰랐다.

솔직히 말하면 기가 찼다. 딸이 아무래도 과대망상증에 걸린 것 같았다. 저는 지방대학을 나왔으면서 무조건 학벌 좋은 남자만 찾는다. 지적인 남자가 좋다나. 그러면서 모든 사람들을 쥐었다 놓았다 하려고 한다. 신혼집을 잡을 때도 그랬다. 사위집 건물 3층에 신혼집을 차리려 하니 딸이 심하게 거부했다. 이유인즉, 1층에 외국인 근로자 부자(父子)가 살고 있는데, 나중에 딸이라도 낳으면 위험할 것 같아서란다. 아직 결혼도 하지 않고 미래에 낳을 딸 걱정부터 하다니. 예단도 그랬다. 예비 시어머니가 예단에 대해 조금 마음에 들지 않는 말을 했다고 시어머니와 맞지 않는다는 말도 서슴없이 했다. 사위 말에 의하면 딸은 신혼여행을 가서도 도망만 다녔다고 한다. 새신랑 약을 올리는 것도 정도가 있지 어떻게 그럴 수가 있는지. 화가 나서 딸의 등짝을 때려도 봤지만 막무가내였다. 시집 보낸 다 큰 딸 등짝을 때리는 부모 심정이 오죽하겠는가. 신혼여행을 다녀온 뒤론 신혼집에 들어갈 생각은커녕 친정에 머물고 있다. 내 딸이지만 어쩜 이렇게 생겨먹었을까. 딸 얘기로는 자기가 무엇을 하겠다고 할 때 쫓아와 달래고 설득하지 않는 게 마음에 들지 않고 맞지 않는단다. 자신이 어딜 가겠다고 하면 가라 할 뿐 도무지 관심이 없다는 것이다. 딸애는 자상한 사람을 원하는데 사위는 그렇지 않기 때문에 앞으로 함께 살아도 겉돌 뿐일 것이라는 게 딸애의 말이다. 도대체 이해가 되지 않는다. 뭘 하겠다고 했을 때 존중해 주면 좋은 거지 뭘 쫓아다니면서 감 놔라 대추 놔라 해 줘야 한단 말인가. 딸은 마치 아기처럼 자기를 얼러주고 자기에게만 관심 가져주기를 바라는 것 같았다.

딸은 친정에 온 뒤 사위와 아예 연락을 끊고 살았다. 사위도 자신과 살기 싫으면 정리하자고 했단다. 하지만 아예 연락을 하지 않는 것으로 방침을 세운 것 같았다. 홍 여사도 어떻게 돌아가는지 영문을 모르니 어떤 결정도, 행동도 할 수 없었다. 딸도 연락을 안 하고 홍 여사도 연락이 없으니 조급한 건 사돈댁이다. 혼인신고도 하지 않았으니 이대로 가면 저절로 끝나겠지 하는 게 딸의 생각 같았다.

요즘 딸은 발리를 꿈꾼다. 이혼 후 발리로 가서 아르바이트를 하며 석양을 즐기며 살겠단다. 어처구니가 없다. 이대로 끝내면 완전히 패가망신이다. 그러나 홍 여사는 지칠 대로 지쳤다.

"이젠 나도 모르겠다. 파혼을 하든, 발리를 가든 마음대로 해라."

사실, 해 줄 만큼 해 줬다. 그러는 사이 집은 기울 만큼 기울었다. 강남, 그중에서도 청담동에서 경기도 변두리로 이사온 지도 한참 됐다. 어렸을 때 청담동에서 유복하게 산 것이 문제라면 문제였다. 하지만 지금은 다르다. 홍 여사도 한순간에 바뀌어 버린 환경에 적응하는 게 쉽지 않았다. 하지만 현실이기에, 어쩔 수 없기에 이를 악물고 살았다. 하지만 딸은 아니었다. 여전히 자신이 청담동 공주인 것 마냥 쓰던 대로 쓰고, 하던 대로 하고, 먹던 대로 먹고, 즐기던 대로 즐기려 했다. 결혼 상대자를 고를 때도 그랬고, 결혼 준비를 할 때도 그랬고, 결혼한 지금도 착각에 빠져 청담동 공주님 놀이를 하고 있다.

홍 여사는 아직도 과거에서 헤어나오지 못하는 딸이 안타깝다. 혼수로 장만한 롤렉스 시계도, 다이아반지도 실은 암시장을 통해 산 것이다. 경제 사정이 형편없는데도 딸의 자존심은 구기고 싶지 않아 기껏 무리해서 해 줬거늘, 그런 사정도 모르고 결혼하자마자 저러고 있다니…….

"그래, 맘대로 해 봐라. 허영만 부리다 인생 망치고 그렇게 좋아하는 발리 가서 거지처럼 살다 보면 언젠가 철 들 날이 오겠지!"

홍 여사는 문득 어떤 이혼녀가 한 말이 떠올랐다.

"진실이 있는 줄 알았는데 현실이 있더라!"

누군가
내 사랑을
노리고 있다

〈When good pets go bad〉라는
리얼리티 프로그램이 있었다. 동물이 주인공인 프로그램으로, 인간
과 함께 사는 순한 동물이지만 그들의 본능을 자극할 때 얼마나 끔
찍한 일이 벌어지는지를 다양하게 보여주어 인기를 끌었다. 그중 사
슴에 관한 내용을 소개하려 한다.

코에 빨간 칠만 하면 영락없이 루돌프가 될 것 같은 사슴 한 마리
가 있다. 그 사슴은 평소 너무도 순하고 착했다. 그러던 어느 날 주
인이 사슴 무리 속에서 그 사슴 곁으로 다가가는 순간 주인을 향해

사납게 달려들었다. 겁에 질린 주인은 사슴의 뿔을 잡고 버티며 소리 질러 구조를 요청했다. 주인은 30분이 넘도록 사슴에게 깔리고 찔려 여기저기 상처를 입었다. 경찰이 오고 주변 사람들이 도와준 덕분에 주인은 가까스로 사슴에게서 벗어났으나 사슴은 곧 심장마비로 죽었다. 나중에 알게 된 것인데, 그렇게 순했던 사슴이 갑자기 돌변한 것은 그 사슴이 좋아하는 암컷 주변으로 주인이 다가갔기 때문이라 한다.

생물학의 세계에는 두 가지 적응 방식이 있다. 하나는 힘은 약하지만 왕성한 생식력으로 생존을 유지하는 것이고, 다른 하나는 생식력은 약하지만 강한 힘으로 적응하는 방식이다. 쥐와 사자를 비교하면 쉽다. 쥐는 전자이고, 사자는 후자이다. 유독 인간만이 이 두 가지 적응 양식을 다 갖고 있다. 그래서 인간의 성격은 내향적·외향적으로 나뉜다. 내향적인 성격은 힘은 약하지만 풍부한 생식력으로 생존을 유지하는 방식이고, 외향적인 성격은 생식력은 약하지만 강한 힘으로 적응하는 방식이라고 보면 된다. 그래서 내향적인 성격의 소유자는 사랑(성욕)에 강하고, 외향적인 성격의 소유자는 현실에 강하다. 물론 외향적인 성격의 소유자도 왕성한 생식력을 과시할 수 있지만 생식에 관한 한 내향성과는 사뭇 다르다. 내향형은 사례에 나온 사슴처럼 목숨을 걸고 사랑에 집중하지만 외향형은 흔들리지 않는 것처럼 보이게 고수하며 적당히 사랑에 빠진다.

한 달에 수억 원씩 버는 친구가 있었다. 어느 날 문득 그는 살면서 자신을 조금이라도 좋아했던 여성에게 근사한 식사를 대접하고 싶다는 생각이 들었다. 그래서 한때 자신을 좋아했던 여성에게 식사 제의를 했다. 가장 멋진 곳에서 가장 근사한 식사를 대접하고 싶으니 골라보라고. 외향형인 친구가 생각할 수 있는 사랑은 이 정도다. 사랑에 목숨을 거는 사슴과는 사뭇 다르다.

현실에는 약하지만 사랑에는 강하기에 내향적인 사람은 현실에는 약해도 인간적으로는 많은 인기를 끌곤 한다. 문제는 내향적인 사람의 마음속은 외향성이 억압돼 있고, 외향적인 사람은 내향성이 억압되어 있다는 것이다. 사디스트sadist의 마음속에는 마조히스트masochist가 있고, 꿈은 현실과 반대라는 말도 있듯이 한쪽의 특성이 두드러지기 위해서는 반대쪽 특성이 억압되어야 한다. 착한 사람이 화를 내면 더 무서운 것도 같은 맥락이다. 내향적인 사람이 내향적인 태도로는 더 이상 힘들다고 판단될 때 무의식의 외향성이 터져 나오면서 평소와 전혀 다른 모습을 보일 때가 있는데, 특히 자신이 소중히 생각하는 '사랑'이 위협받을 때 그러하다. 무의식에 억압된 반대 성격은 미분화된 원시적인 형태로 응축되어 있기 때문에 한번 터져 나오면 상황과 장소를 불문하고 폭발한다. 사슴이 평소와 달리

공격적인 행동을 하고(아마도 젖 먹던 힘까지 끌어올렸으리라) 급기야 심장마비에 걸린 것도 그런 이유였을 것이다.

내향적인 사람이 스트레스를 받았을 때 하는 공상을 보면 참으로 특이하고 흥미롭다. 나 역시 내향적인지라 내 마음의 공상을 들여다볼 수 있는데, 내용은 이러하다. 나에겐 어릴 적부터 라이벌로 생각해 온 친구가 하나 있었다. 나는 대학에 바로 입학했지만 그 친구는 재수를 했다. 재수 후 그 친구는 나보다 괜찮은 대학에 입학했다. 그 사실을 안 뒤 신경이 쓰이고 스트레스가 쌓이는 느낌을 받았는데 (평생의 라이벌에게 졌다는 생각에) 그때 문득 이런 생각이 들었다. '저 녀석이 ○○이를 빼앗아 가버리면 어쩌지.' 밑도 끝도 없이 당시 내가 좋아하는 이성친구를 그 녀석이 빼앗아가 버릴 것 같은 위기감이 든 것이다. 전혀 그럴 가능성이 없는데도 말이다. 사실 그때 나는 일방적인 짝사랑을 하고 있었기에 현실적으로 그녀와 나는 아무 상관이 없었다. 아마 앞의 사슴도 암사슴을 빼앗을 마음도 없고 현실적으로 불가능함에도 불구하고 주인에 대한 질투의 공상에 사로잡혀 미친 듯이 공격했을 것이다.

내향적인 사람이 화를 내면 무섭다. 아마도 그것은 목숨 걸고 표출하는 것이기 때문이리라. 그러므로 마음속에 쌓이는 공격성을 적절히 관리할 필요가 있다. '법 없이도 살 사람'이라는 말을 듣는 사람들이 있다. 지나칠 정도로 착하고 순한 사람들이 대개 이런 말을 듣는다. 그런데 유독 그 가족들은 그에 대해 별로 좋지 않게 생각하는 경우가 많다. 밖에서 억압 당한 공격성을 집에서 터트리기 때문이다. 술을 마시거나 행패를 부리거나 가족을 못살게 구는 방식으로 말이다. 그렇게라도 해소하지 않으면 그는 밖에서 법 없이 살 사람이란 이미지를 일관되게 유지할 수 없었을 것이다. 마음속에 억압된 본능은 어떻게든 밀고 올라오기 때문이다. 그러므로 적당한 탈출구를 찾아야 한다. 맹목적으로 남에게 끌려 다니며 사는 사람은 어느 순간 극단적으로 터질 수 있다. 그 분노는 현실을 넘어 나와 상대를 모두 불태울 수 있다. 그렇게 되기 전에 스스로를 지켜야 한다. 너무 내향적이라 그러기가 쉽지 않다면 이렇게 생각해 보라.

'누군가 내 사랑을 노리고 있다!'

성격 차이

타고르는 자신의 시집 《기탄잘리Gitanjali》에서 이렇게 노래했다.

길들은 새는 조롱 안에 있었고

자유로운 새는 숲속에 있었습니다.

때가 와서 그들은 만났는데 그것은 운명의 지시였습니다.

자유로운 새가 외칩니다.

오 내 사랑이여, 숲으로 날아와요

조롱 속의 새는 속삭입니다.

이리 와요. 조롱 속에서 함께 살아요.

자유로운 새가 말합니다.

창살 안에서 날개를 펼 자리나 있겠어요?

아아 조롱 속의 새가 외칩니다.

하늘에선 어디에 홰를 치고 앉아야 할지 난 모르겠어요.

자유로운 새가 외칩니다.

내 사랑이여. 숲속 나라의 노래를 불러요.

롱 속의 새가 말합니다.

내 옆에 앉아요. 당신에게 유식한 말을 가르쳐 주겠어요.

숲 속의 새가 외칩니다.

아니, 아니요. 노래는 배워야 알 수 있지 않아요.

조롱 속의 새가 말합니다.

어쩜 난 숲 속의 노래를 몰라요.

그들의 사랑은 그리움으로 뜨거웁지만

그들은 날개 나란히 날 수 없습니다.

조롱의 창살을 통해 그들은 서로 바라보지만

서로를 알려는 그들의 소망은 허망합니다.

그들은 날개를 파닥이며 열망하며

좀 더 가까이 와요라고 노래합니다.

자유로운 새가 외칩니다.

그럴 수 없어요. 조롱의 닫힌 문이 무서워요.

조롱 속의 새가 속삭입니다.

어쩜 내 날개는 힘을 잃고 죽어버렸어요.

- 정원사 6

아마도 이 두 새는 서로 사랑만 하고 헤어졌을 것이다. 사랑하기에는 끌리는 상대지만 함께 살기에는 맞지 않는 상대인 것이다. 나와 다른 상대에게 끌리는 이유는 서로 다른 성격의 사람끼리 만나야보다 나은 2세를 만들 수 있기 때문이다. 비슷한 상대끼리 만나면 고만고만한 2세를 낳겠지만 반대인 사람끼리 만나면 변증법적으로 뛰어난 존재를 낳는다. 그러나 같이 살기에는 힘든 것이 사실이다. 지금껏 다른 삶을 살아왔는데 어떻게 단기간에 맞춰질 수 있겠는가.

권비영 작가의 소설 《은주》에는 이런 대목이 나온다.

억척! 옛날 어머니가 그랬다. 억척을 떨며 자식 공부시키고 농사짓고 시동생까지 거두어 가며 산 어머니는 결국 아버지에게 버림받았다. 꽃처럼 젊고 어여쁜 여자 하나가 나비처럼 날아와 앉자 아버지는 어머니를 떠났다. 자식들이 아버지를 성토하며, 잘못하시는 일이라고 다시 돌아오시라고 사정을 했지만 아버지의 말은 차갑기 그지없었다.

"니 엄마가 여자냐?"

그 한 마디에 사 남매는 말을 잃었다. 아버지가 조용하게 말했다.

"너희를 키우고 돌본 마음은 고맙다. 너희들 엄마로서는 인정한다. 하지만 니 엄마는 나한테는 여자가 아니다. 허깨비다."

잔인한 사람, 더할 수 없이!

아버지를 증오하기 시작했다. 그러나 세월이 가고 그녀도 나이를 먹어가면서, 정말 아버지가 엄마를 떠날 수밖에 없는 이유가 따로 있는지 모른다는 생각이 들기 시작했다. 남녀 간의 은밀하고 애틋하고 몸 떨리는 그런 사랑을 엄마는 모르는 것 같았다. 그저 아버지를 밀어내기만 하고 아이들만 끼고 살았다는 생각이 들자 아버지도 불쌍하다는 생각이 들었다.

그러나 엄마는 남녀 간의 은밀하고 애틋하고 몸 떨리는 사랑을 모르는 게 아니다. 오히려 너무 잘 알기에 자식을 넷이나 낳은 것이다. 그러나 자식을 넷이나 낳은 만큼 엄마는 이제 아버지가 귀찮은 것이다. 더 이상 아버지와 사랑하기보다는 억척 여성으로 아이들 뒷바라지하는 게 훨씬 효율적이다. 어쩌면 아버지는 다른 여자에게 간 것이 아니라 다른 여자에게 쫓겨난 것이다. 엄마에게 중요한 것은 아버지가 아니라 아이들이기 때문이다. 그래서 엄마는 아버지를 허깨비로 대한 것이고, 아버지는 견디다 못해 꽃다운 여자에게로 날아간 것이다. 나를 외면하는 애 넷 낳은 늙은 여자와 나를 사랑하는 꽃다운 처녀 중 누굴 택하겠는가. 나를 외면하는 여자를 계속 사랑하는 것은 죽으라는 말과 다를 바 없다. 사람은 사랑 없이는 살 수 없기 때문이다. 자식을 낳은 엄마는 아이들을 사랑하고, 아버지는 또 다른 여자를 사랑한다.

마구스

심리학이란 어떤 학문일까? 아마도 젊고 경험이 짧은 사람으로 하여금 다양한 경험을 하게 하는 학문이 아닐까 싶다. 이는 거꾸로 얘기하면 늙고 많은 경험을 한 사람은 자기도 모르게 심리학에 정통하게 된다는 말이기도 하다.

《콜렉터》로 유명한 작가 존 파울즈John Fowles의 《마구스The Magus》[*]를 읽으며 나도 모르게 계속해서 앞 장을 뒤적이게 된 것은 바로 이런 이유 때문이다. 이 사람은 도대체 몇 살이기에 이렇게 심리학에

---

* 《마법사》(열린책들)라는 제목으로 재출간

정통한 걸까? 그는 공부해서 암기할 수 있는 심리학 이론뿐만 아니라 심리학적인 깨달음에도 정통해 있었다.

1926년생. 나보다 서른두 해를 더 산 사람이라는 걸 안 순간, 은근히 안도의 한숨이 새어 나왔다. 그렇다면 주눅들 필요는 없겠다 싶었다. 나도 그 나이가 되면 그처럼 자유자재로 심리학과 심리적인 공상, 그리고 심리적 표현을 구사할 수 있을 거란 기대도 하게 됐다. (《마구스》의 초고를 쓴 것은 50년대 초이나 완성한 것은 그가 51세 때인 1977년이라고 한다.) 그의 나이와 《마구스》는 나에게 또 다른 희망을 안겨주었다. 사람은 나이가 들면서 젊은 시절을 죽이고 사는 것이 아니라 젊은 시절을 포함하고 산다는 사실을 말이다. 《마구스》에서 그는 25세의 우르페로에서 노년의 콘치스까지 모두 생생하게 살아 있는 인물로 묘사했다. 열정적인 연애 감정부터 적나라한 섹스 장면, 신화적인 깊이, 그리고 인생무상까지 그의 글은 단계별로 느낄 수 있는 모든 것을 생생하게 표현했다. 나이가 들면서 가장 무서운 것은 망각이 아니라 영혼의 끈을 스스로 놓아버리는 체념이라는 것을 다시 한번 확인할 수 있었다.

《마구스》에서 그는 심층 심리학을 공부하는 사람들의 은밀한 소망과 공상, 유혹, 그리고 먼 미래까지 마음껏 글에 담아 무한한 상상력을 발휘했다. 그 상상력은 먼 하늘을 날아가듯이 내 마음속 깊은 곳을 자유자재로 휘젓고 다녔다. 그러나 그는 그 무한한 공상을 항상 현실로 모았다. 몽상가는 공상에서 그치지만 예술가는 공상을 하다가도 현실로 돌아온다는 프로이트의 말을 입증이라도 하듯 그는 현실에 사는 사람들에게 공상 이면의 현실의 중요성과 현실적인 깨달음, 교훈을 현실적인 방법으로 제시하고 있었다. 나는 그의 글 속에서 지금까지 내가 공부한, 공상한, 깨달은, 그리고 무의식적으로 은밀히 소망한 심리적인 진실들을 재발견하고 만났다. 내가 재발견하고 만난 것들은 다음과 같다.

《마구스》
: 자기가 하는 일에 역량이 부족한 사람들이 다들 그렇듯이 그(장군인 아버지)도 외형적인 일들이나 사소하고 일상적인 문제들에 대해 까다롭고 잔소리가 많았고, 지성 대신 '규칙'이니 '전통'이니 '책임'이니 하는 따위의 몇몇 단어들을 무기처럼 사용하였다.(우르페. 1권 p.14)

나
: 지금 우리나라는 과거의 집단 중심, 독재 체제, 권위 중심의 사회에서 개성 중심의 사회로 옮아가고 있는데 이 과정에서 집단주의자들은 최후의 발악이라도 하듯 '효'니 '의무'니 '착함' 따위의 몇몇

단어들을 무기처럼 사용하고 있다.

《마구스》

내가 이 부라니 곳에서 세상과 관계를 끊고 사는 것도 그 주된 첫
번째 원인은 바로 그 여자 때문이오. 사실 그 여자가 자유롭게 돌아
다니면서 환상에 빠질 수 있는 장소로서 여기만큼 좋은 곳도 없는
셈이지. 그녀는 법률적으로는 입원을 요하는 정신병 환자요. 치료
불가능한 케이스죠.(콘치스. 2권 p.30)

나

: 내가 정신과 의사로서 확인해 보고 싶은 한 가지가 있다면 바로
이 같은 것이다. 만일 정신질환자를 자연 가운데에 놓아 마음껏 자
연과 더불어 살게 한다면 그의 일생은 어떻게 될까? 최소한 정신병
원에 갇혀 모든 자유와 권리를 박탈당하고 사는 것보다는 한결 낫지
않을까? 그리고 과거 우리 선조들은 정신질환자들과 그렇게 더불어
살지 않았을까? 마을 한 귀퉁이에 움막을 짓고 거기서 살게 하면서.

정신질환자들은 어찌 보면 살아 있는 신화다. 자신만의 망상과
환각, 집단 무의식의 세계 속에서 신화의 거리를 걷고 있기 때문이
다. 정신질환자란 무의식이 의식을 삼켜서 해체한 상태다. 무의식
을 우리 마음속의 자연이라 한다면 정신질환자들에게 잘 어울리는

환경은 어쩌면 튼튼한 콘크리트 벽 안의 좁은 공간보다는 자연 그 자체일 것이다. 자연 속에서 사는 정신질환자들! 그들의 삶은 어떠할까? 혹시 그들은 마음껏 신과 만나면서 주어진 나머지 삶의 길을 열심히 가는 것은 아닐까? 마치 별과 달과 시냇물과 바위와 대화를 나누는 원시인들처럼 살면서. 마구스에서 이런 시도는 또 한 번 반복되고 있다. 정신질환자 헨릭을 자연 한가운데 격리해서 살게 하는 세이데바레에서.

"헨릭은 그 순간 신을 기다리는 게 아니라 신과 만나고 있는 것이었소. 아마 전에도 여러 차례 이런 일이 있었을 게 분명했죠. 그는 어떤 확실성을 기대하는 게 아니라, 그 확실성 가운데 살고 있는 거였소."(콘치스. 2권 p.147)

우리나라에서 정신질환자는 거지 짓도 못한다. 보는 족족 잡아다가 갱생원이나 정신병원에 집어넣기 때문이다. 사회에 해를 끼치는 위험한 존재라고 생각하니까. 그러나 그들은 우리 사회에 예측할 수 없는 해악만 끼치는 존재만은 아닐 것이다. 어쩌면 그들은 눈 앞에 보이는 것에만 갇혀 있는 우리의 좁은 이성을 본래의 자연스러운 마음으로 돌려보내주는 넓은 가능성을 가진 존재일지도 모른다. 정신병을 앓은 위대한 예술가들이 그러했듯이.

《마구스》

: 니콜라스, 영국으로 돌아가시오. 그리고 당신이 말한 그 여자와 결혼해요. 가정을 꾸리고, 그 속에서 당신 자신을 발견하시오. (콘치스. 2권 p.278)

나

: 결국 이 작품의 주제는 이 한 마디에 있다. 사랑을 선택 못하고 이리저리 방황하는 한 젊은 영혼에게 현실적이고 겸허한 사랑의 선택 가치를 일깨워 주는 것이다. 그 높은 가치를 깨닫게 하기 위해 절세미녀 릴리를 동원해 우르페를 새로운 사랑에 빠지게 한 다음 그를 차디차게 경멸해 버리게 하고, 심지어 그의 눈 앞에서 다른 남자와 환희롭게 섹스하는 장면까지 보여준다. 우르페에게는 그가 사랑했던 앨리슨이 사망했다고 거짓으로 알리면서 말이다. 다행히 우르페는 좌절 속에서도 앨리슨에 대한 사랑을 회복한다.

사람에게는 누구나 두 가지 본능이 있다. 생태적 본능과 다차원적인 본능이 그것이다. 생태적 본능이란 생명이 태어날 때의 본능으로, 바로 난자 하나와 정자 하나가 일 대 일로 만나서 생명을 이루는 본능이다. 다차원적인 본능이란 한 번 태어나서 가급적 많은 생명을 누리고 많은 생명을 탄생시키고 싶은 진화론적인 본능이다. 그러나 이 다차원적인 본능은 생태적인 본능을 따를 수 없다. 인간은 생명이 태어나야 그 다음에 진화론적인 과제를 수행할 수 있기 때문이다. 그래서 인간에게는 자기만의 여자, 자기만의 남자가 가장 소중하다. 아무리 프리섹스 시대라곤 해도 자기만의 남자, 자기만의 여자가 없는 사람들은 마치 버림받은 정자, 외로운 난자가 되어 외롭고 쓸쓸한 인생을 살 수밖에 없다. 그러나 자기만의 여자, 자기만의 남자는 우연 가운데서 선택되는 것이지 항상 최고의 선택을 할 수 있는 것은 아니다. 난자 역시 최고의 정자를 선택하는 것은 아니고 정자 또한 최고의 난자를 선택하는 것은 아니기 때문이다. 결국 사랑은 선택일 수밖에 없고, 일단 선택한 이상 둘에게는 그 선택을 공고히 할 책임이 있다. 마치 난자와 정자가 하나가 되면 두꺼운 외벽을 쌓아 또 다른 정자의 침입을 막듯이 말이다. 이를 존 파울즈는 이렇게 설명한다.

"섹스는 우리가 사랑이라고 부르는 인간관계의 일부분일 뿐 결코 본질적인 게 아니라는 말도 했을 거예요. 본질적인 것은 진실이며 두 사람의 마음속에 구축된 신뢰가 중요한 거라는 거죠. 각자의 영혼이라고 해도 좋아요. 그걸 어떻게 부르느냐는 상관없으니까요. 그리고 진짜 문제는 부정한 성관계를 감추려는 마음인 거죠. 왜냐하면 서로 사랑한다는 사람들 사이에서 이런 거짓이 행해지는 건 생각할 수 없는 일이니까요."(데 시타스 부인. 마구스 3편 p.248)

사랑에서 신뢰가 중요하다는 존 파울즈의 주장에는 동감한다. 하지만 사랑하지 않는 사람과의 2차적인 본능적 섹스까지 모두 밝혀야 한다는 것은 인정할 수 없다. 그런 고백은 머리로는 이해할 수 있겠지만 감정적·본능적으로는 받아들일 수 없기 때문이다. 그런 고백은 바로 다차원적 본능을 지극히 위협하고 자극하고 상처 주는 말이다. 어쩌다 인간관계에서 할 수 없이 저지른 의미 없는 섹스는 차라리 고백하지 않는 게 상대에게 깊은 고통을 주지 않는 행위라고 생각한다.

이 책은 내 심리의 여러 가지 생각에 대해 어떤 부분은 명쾌하게, 또 어떤 부분은 깊이 있게 돌아볼 수 있도록 자극을 주었다. 지나치게 이성적이어서 답답한 부분도 있었지만 말이다. 그의 추리적 기법은 마치 편집증 같고, 신화적 분위기는 정신분열증 같았다. 추측컨대, 하나의 사랑에 확신을 갖고 있는 것으로 보아 정신적으로 많이 앓아본 사람이 아니었을까 싶다. 정신과 의사는 아픈 만큼 환자를 치료할 수 있다고 하는데, 그 역시 그만큼 아팠기에 그렇게 다양하고 솔직한 글을 쓸 수 있었던 것은 아닐까?

가족은 친구다

쏟아지는 별빛 아래, 아빠 사자와 아들 사자가 뒹굴고 있다. 아들이 아빠에게 묻는다.

"우린 아직 친구죠?"

아빠 사자는 고개를 끄덕이며 아들에게 부드러운 사랑과 신뢰의 미소를 보낸다.

영화 《라이온 킹 The Lion King》의 한 장면으로, 눈물이 절로 나는 아름다운 광경이다 나 또한 아들이 있는지라 그 감동은 더욱 컸다.

가정이란 대체 무엇이고, 어떻게 이루어지기에 그렇게 커다란 감동으로 다가오는 걸까?

《라이온 킹》에서는 이렇게 노래로 대답한다.

"인생의 순환 속에서 우리의 장소를 찾을 때까지 우리 중 몇몇은 길가에 낙오하고 그리고 우리 중 몇몇은 별나라로 솟아오르고 그리고 우리 중 몇몇은 상처를 안고 살아가야 해. 이 세상엔 헤아릴 수 없을 정도로 받아들일 일이 많고 지금까지 발견된 것보다 발견해야 할 일이 더 많지요. 그러나 태양은 높이 구르면서 사파이어 같은 하늘을 통해 크고 작은 것들을 끊임없이 돌아가게 하지요."

내 아들은 나의 분신이자 나의 생명을 영원히 연장시켜 주는 존재다. 그러나 아들을 가만히 보고 있으면 절대 나의 분신이 아니다. 내 몸을 빌어 태어났을 뿐 아들이 보여주는 신비로움은 형언할 수 없다. 책을 읽고 오락을 하고 놀이터에서 노는 모습은 내가 어렸을 때 모습이면서 내가 아니다. 이런 아들에게 내가 다가갈 수 있는 것은 친구로서다. 나는 아들을 존중하고 이해하고 아들이 제 갈 길을 갈 수 있게 보살펴 주는 이상은 할 수 없다는 것이다. 효도하고 복종하는 부모자식 관계, 끝없이 돌봐줘야 하는 상하 관계는 꿈조차 꾸지 마라. 부모와 자식은 끝없이 존중하고 이해하고 노력해야 가까워질 수 있는 친구 관계일 뿐이다. 자식뿐 아니라 가족 모두가 그렇다. 아무리 혈연을 앞세운들 서로 존중하고 노력하지 않으면 가까워질 수 없다.

　청소년은 가장 소중한 존재로 친구를 많이 꼽는다. 친구만큼 자기를 이해하고 놀아주고 돌봐주는 존재는 없기 때문이다. 친구의 존재는 일생을 통해 아무리 부정하려고 해도 부정할 수가 없다. 가족이 친구가 됐을 때 진정한 가족이 되는 것이 아닐까?

마음이 넓고
이해심 많고
친정을 위하는 남자

주말이다. 마음이 불안하고 초조하
다. 주말에는 병원이 문을 닫기 때문이다.

진영은 불안감과 불면증으로 정신과 치료를 받고 있다. 그런데 요
즘은 증상이 하나 더 늘어 약물 중독 증세까지 나타나고 있다. 약을
아무리 많이 갖고 있어도 주말만 되면 불안해진다. 그래서 주말이
되기 전엔 꼭 병원을 찾는다. 불안 증상이 심해지면 약 몇 봉지를 입
속에 털어넣는지 모른다. 불안발작에 한번 시달리면 온몸이 떨린다.
그 고통은 겪어보지 않은 사람은 모른다.

이혼이 문제였다. 이혼하면서 모든 게 엉망이 됐다. 결혼 생활은 무척이나 힘들었다. 남편과 전혀 맞지 않았다. 먼저 이혼하자는 말을 꺼냈다가 남편이 휘두른 주먹에 맞았다. 뺨을 맞고, 머리를 맞고, 3대를 맞았는데 그렇게 공포스러울 수가 없었다. 결국 이혼은 했지만 그날의 공포는 진영에게 큰 충격을 주었다. 진영은 결혼에 대한 공포 때문인지, 남자에 대한 혐오 때문인지 두 번 다시 결혼을 꿈꾸지 않았다. 지금까지는 그랬다.

그런데, 마흔이 넘어가니 불안감이 엄습해 왔다. 그래서 요즘 더 부쩍 약에 의존하고 있다. 갖고 있는 돈은 약값으로 뭉텅 나가고, 부모님은 자꾸 연로해지시니 점점 자신이 없어진다. 엎친 데 덮친 격으로 어머닌 얼마 전 위암까지 앓으셨다. 다시 결혼해 볼까 하는 생각이 들었다. 부모님도 재혼을 재촉한다. 그러나 마땅한 상대가 없다. 그렇다고 맞지 않는 사람과 결혼하고 싶지는 않다.

의사가 물었다. 어떤 남자를 원하느냐고. 진영이 즉각 대답했다.

"마음이 넓고, 이해심이 많고, 친정을 위해 줄 수 있는 남자요. 그 정도면 돼요."

의사는 아무 말도 하지 않았다. 진영은 궁금했다. 내가 뭘 잘못 말한 걸까. 의사에게 묻는다.

"선생님, 제가 욕심이 많은 건가요?"

의사는 잠시 침묵하다 천천히 입을 열었다.

"그런 남자는 친정아버지밖에 없어요. 다시 말해, 남자가 진영 씨에게 순종하길 바란다는 거죠. 진영 씨가 뭘 해도 다 받아주길 바라는 거니까."

"그러면 안 되나요?"

"안 된다는 게 아니라 그런 남자를 찾긴 힘들다는 거예요. 과거의 남자들은 자신에게 순종하는 여자를 원했어요. 그 순종에 사랑으로 답했고요. 그러나 지금은 순종하는 여자를 찾기가 힘들어요. 가정에서도 그렇게 교육하지 않고요. 그렇다 보니 결혼의 비극이 자꾸 늘어나는 거죠."

"선생님, 여자가 왜 순종해야 하죠? 여자도 자기 인생이 있잖아요."

"그러면 혼자 살 수밖에 없어요. 집안에 머리가 둘이면 항상 싸우게 되죠. 그 싸움은 극심한 스트레스로 나타나고, 그걸 감당 못하면 결국 이혼에 이르게 되는 거죠. 진영 씨가 이혼한 것도 그 때문 아닌가요?"

진영이 고개를 끄덕였다.

"그래요, 우리는 의견이 너무 달랐어요. 남편은 남편대로 우겼고 저도 제 생각만 고집했죠. 늘 상대가 져 주기를 바랐어요. 서로 한 번도 먼저 숙이려 하지 않았어요. 제가 달라지기 전까지 결혼은 요

원하겠네요."

"아니, 꼭 그렇지만은 않아요. 결혼엔 많은 요소들이 충족되어야 하니까요. 문제는 결혼한 다음이에요. 진영 씨, 너무 상심하지 마세요. 아이를 낳고 나면 주도권은 여자에게 가니까요. 여자 이기는 남자 없다잖아요."

진료실을 나서는 진영의 발걸음이 무겁다. '나는 침대에 우아하게 앉아 남편이 차려다 주는 아침상을 받고 싶단 말이야. 그래, 결혼은 나중에 생각하자. 부모님도 떠나고 돈도 다 떨어져 갈 즈음에. 아직은 버틸 만하니까. 그런데 그때 되면 누가 나를 데려갈까.'

또 다시 불안감이 확 밀려온다.

일찌감치
펑퍼짐해지는 것도
나쁘지 않아

카페에서 '펑퍼짐'을 기다리며 지원은 멍하니 생각에 잠겼다. 지원은 얼마 전부터 남자를 만나고 있다. 처음에는 친한 사이였으나 한번 잠자리를 하고 난 뒤로는 계속 지원의 집에서 만나고 있다. 그런데, 그는 오로지 섹스만 원한다. 밖에서는 만날 생각조차 하지 않는다. 만나면 즐겁고 재밌긴 한데 만나면 만날수록 스스로가 바보 같고, 이 남자가 나를 이용한다는 생각만 든다. 그런데 더 한심한 건, 그런 사실을 뻔히 알면서도 이 남자가 싫지 않다는 것이다. 아니, 그가 미치도록 좋다. '내가 바보지, 미친년이지.'라고 생각하면서도 그를 계속 만나고 있다. 어떤 날은

그가 자고 있는 모습을 보면 죽이고 싶은 충동이 들기도 한다. 잘해
주는 것도 하나 없는데 뭐가 좋다고 이러는지. 게다가 다른 남자는
눈에 들어오지도 않는다. 오직 나랑 자는 것만 좋아하는 것 같은데.
어쩔 땐 내가 돈을 받고 남자를 만나도 이렇게 기분이 더럽지는 않
을 거라는 생각도 든다.

"뭐해!"

어느새 펑퍼짐이 도착해 반대쪽에 앉는다.

"무슨 생각을 그렇게 골똘히 해?"

"응, 그냥……. 근데 넌 결혼 생활 행복하니?"

"그럼, 너도 빨리 해. 결혼이 얼마나 재밌는데."

"그것도 자주 하니"

"그거? 섹스? 당근이지. 한 달에 스물댓 번은 할 걸."

"뭐? 아직도 그런단 말이야? 니네 연애할 때도 실컷 했잖아. 펑퍼
짐할 정도로."

"펑퍼짐? 그게 무슨 말이야."

펑퍼짐이 의아해 묻는다. 지원은 아차 했다. 펑퍼짐은 친구들이
그 친구 엉덩이를 보고 붙여준 별명이다.

"아니, 그게…… 니네가 하도 연애를 진하게 하니까 친구들이 널
놀리더라구."

"아, 난 또 무슨 말이라고. 내 엉덩이가 펑퍼짐하다 이 말이지? 하도 우리 남편이 눌러대서"

"뭐 그렇다기보다는……."

지원이 우물쭈물하는데 펑퍼짐이 아무렇지 않은 듯 말한다.

"괜찮아, 펑퍼짐하면 어때. 내 애인하고 섹스한 건데."

"그런데 넌 연애할 때 그렇게 섹스 많이 해도 불안하지 않았니?"

"왜 불안해? 나도 좋았는데."

"그게 말이야……, 그러니까 손해 보는 것 같지 않았어? 남자가 잘해 주는 것도 없이 오로지 그것만 밝히는데 좀 그렇지 않았어?"

"처음엔 나도 좀 그랬지. 이 남자와 좋은 곳도 가고, 맛있는 것도 먹고, 선물도 많이 사달라고 하고 싶은데 이 남자는 오로지 섹스에만 관심이 있었으니까. 그런데 어느 날 어떤 강의를 듣고 나서는 맘을 바꿨어. 그 강의에서 이렇게 말하더라. 남자는 여자에게 무제한의 성적 제공을 바라고, 여자는 남자에게 무제한의 경제적 제공을 바란다고. 내가 남자에게 바라는 것을 얻으려면 나도 남자가 바라는 것을 제공해야지. 우리 남편 요즘 돈 잘 벌어와. 요즘은 내가 더 섹스를 밝혀. 죽여 놔야 바람 안 피우지."

"그런가? 그렇게 무작정 해도 괜찮아? 괜히 여자만 손해 보는 거 아니니?"

"아니, 너 나중에 결혼해서 남편이 꼬박꼬박 월급 갖다줘 봐. 그거

받는 기분이 얼마나 좋은데. 노력한 것 하나 없이 돈 들어오는 기분, 너 그거 모를 거다. 네 남편이 너한테 월급 갖다 주면서 돈 아까워하면 좋겠니?"

"그건 아니지. 그러니까 네 얘긴 잘 응해 주면 나중에 돈 잘 벌어다 준단 말이지?"

"그렇다니까. 너도 일찌감치 펑퍼짐해져 봐. 젊음 그렇게 오래 가는 거 아니다. 남자는 젊었을 때 꽉 잡아놔야 되는 거야. 젊었을 때 펑퍼짐해지면 평생 펑퍼짐하게 살 수 있어."

"그렇구나. 그럼 이제 나도 생각을 좀 바꿔 볼까? 너무 아까워만 하지 말고."

"그렇게 해. 적금 든다고 생각하고 열심히 응해 줘. 그리고 섹스는 많이 하면 할수록 더 가까워져. 그게 별 거 아닌 것 같아도 남자들은 섹스한 만큼 책임감을 갖더라."

"그래, 그럼 손해는 아니겠네. 아무튼 고맙다. 네 덕분에 고민 하나 해결했다."

"그럼 오늘 커피는 네가 사."

그러면서 펑퍼짐은 손을 들어 커피를 주문했다. 지원은 그런 펑퍼짐이 부러웠다. 쟤는 어쩜 저렇게 마음 편히 잘 살지. 일찌감치 펑퍼짐해져서 저러나.

잘 구슬러
평생 하인으로
데리고 살면 된다

바람! 고결하고 아름다운 사랑이
니 뭐니 해도 사실 사랑의 이면에는 성욕이 있고, 결혼 생활을 가장
위협하는 것은 바람이다. 젊고 싱싱한 여자(남자)들이 즐비하게 늘어
져 있는 데 늙어가는 아내(남자)에게만 충실하기가 어디 쉽겠는가.

남자들의 바람에 대해 여자들은 난리를 치지만 내가 보기에 남자
들의 바람은 피해 갈 수 없다. 쉽게 말해 여자들은 한평생 열 명의
아기를 낳아 키우면 끽하지만 남자들은 한 달에 열 명의 생명도 임
신시킬 수 있다. 그런 에너지를 갖고 있으면서 꾹꾹 참고 살려니 병

이 나지 않겠는가.

중요한 것은 남자가 바람을 피웠을 때 어떻게 대처하느냐 하는 것이다. 내가 보기엔 한 가지만 생각하면 된다. 아기는 엄마 거라는 것이다. 암사마귀는 교미 후 수컷을 잡아먹는다. 아기가 아빠 거라면 왜 잡아먹겠는가? 아기는 엄마 거다. 아빠야 여기저기 씨를 뿌릴 수 있으니 이 여자가 아니면 다른 여자를 찾아가면 된다. 하지만 여자는 다르다. 한 평생 여자가 결혼을 많이 해 봐야 몇 번이나 하겠는가? 아무리 많아야 일곱 번이다. 그런데 남자는 한 달에 일곱 명 이상의 여자를 임신을 시킬 수 있다.

이런 남자의 속성에 어떻게 대처하는 것이 현명할까? 잘 구슬려 평생 하인으로 데리고 살면 된다. 당신이 아이들 키우는 동안 남편 너는 밖에 나가서 열심히 돈 벌어오라고 부려먹으란 말이다. 집에 들어온 남편에게 억지로라도 미소 지어 주고 다음 날 아침엔 다시 돈 벌어오라고 내보낸 뒤 내 아이 잘 키우면 그게 바로 성공한 인생이다.

50세의 한 여인이 우울증에 빠졌다. 요즘 가장 후회되는 것은 남편을 한번 봐줄 걸 하는 것이다. 젊은 시절, 남편이 바람 피우는 것을 용납 못해 이혼했는데 날이 갈수록 살기가 힘들다. 그래도 지금껏 양육비는 꼬박꼬박 보내줘 그럭저럭 살아왔는데 이제 아이들이 다 크고 나니 양육비도 끊기고, 얼마 전엔 폐경까지 와 여자로서의 자신감마저 떨어졌다. 그러다 보니 하루하루가 허무하고 재미가 없다.

남자들은 시간이 흘러 정력이 떨어지면 바람을 피우래도 못 피운다. 특히 젊은 여자와의 바람은 꿈도 못 꾼다. 정력이 감소해 더 이상은 젊은 여성을 감당할 체력이 되지 않는 것이다. 그러니 남자의 바람에 너무 자존심 상해 하지 말고 저 남자를 어떻게 한평생 하인처럼 부려 나와 내 새끼가 잘 먹고 잘 살 수 있을지를 고민할 일이다. 저 남자를 차 봤자 좋은 건 저 남자뿐이다. "니 새끼 불행해진다"고 협박해 봤자 소용없다. 한 남자는 부인과 이혼한 이유가 자기를 모시고 살고 싶은 여자와 살기 위해서란다. 아무리 자식이 있어도 홀대받으며 살고 싶지는 않은 것이다. 노동자들은 대우 잘해 주는 곳으로 옮기기 때문이다. 남편이 나랑 이혼하려는 이유가 다른 여자가 생겨서라고 생각하는가? 아니다. 이 여자나 저 여자나 다 똑같다, 그런데도 굳이 저 여자랑 살고 싶어 하는 것은 저 여자의 대우가 이 여자보다 낫기 때문이다.

생물학적으로 볼 때 남자는 씨를 주고 돈을 벌어다 주는 존재에 불과하다. 나의 모든 걸 책임져 주고 버팀목이 되어 주는 것을 기대하는 것은 어린애 같은 발상이다. 내 남편으로 만든 이상 그에게 잘해 주고 칭찬을 아끼지 말아 나를 엄마처럼 느끼게 하여 나에게서 떨어지지 못하게 만드는 것이 중요하다. 실제로 바람둥이 여자들은 마음에 없어도 칭찬에 매우 능하다. 그러나 그가 정말 쓸 만한 하인(노동자)이 아니다 싶으면 가차 없이 차버린다. 남자가 바람 피웠다고 분노하며 떨쳐내려고만 말고 남편으로, 아버지로, 아들로, 노동자로, 하인으로 평생 부려먹고 사는 것은 어떨까? 물론 돈 잘 버는 남편에 한해.

결혼은
피 튀기는 노력이
필요한 전쟁

연희가 현주에게 전화를 걸어왔다. 누구에게도 밝히고 싶지 않았지만 그대로 있다가는 가슴이 터질 것 같았다. 현주는 친구들 사이에서 남편을 꽉 잡고 사는 걸로 유명했다. 현주는 약간 의외라는 듯 전화를 받았다. 평소 새침한 연희는 현주와 그다지 가까이 지내진 않았기 때문이다. 연희는 현주의 안부를 묻는 둥 마는 둥 하다 고민을 털어놓았다.

연희 : 현주야, 실은 나 요즘 고민 있어.

현주 : 그래? 무슨 고민인데?

연희 : 아무래도 남편이 바람을 피우는 것 같아.

현주 : 뭐? 정말? 어떻게 알았는데?

연희 : 남편이 사택에서 지내고 있거든. 그런데 얼마 전에 가봤더니 휴대용 향수 용기가 있는 거야.

현주 : 뭐? 정말?

연희 : 그럼 바람 피우는 거 맞지?

현주 : 그것 말고 다른 건 없고?

연희 : 얼마 전 남편이 잘 때 몰래 지갑을 봤는데 콘돔이 나왔어. 집에 있는 것과 달라서 물어봤더니 화를 내면서 집에 있는 것과 함께 샀다면서 나머지는 관사에 있대. 왜 거기 두었냐고 했더니 혼자 해결할 때 필요하다는 거야. 내가 가끔 관사에 가서 자고 오기도 하니까 샀다는데, 나는 남편 관사 근처에 살아서 거기 가서 자고 오는 일은 드물거든.

현주 : 딱 바람이네. 뭐 또 다른 건 없고?

연희 : 잠결에 혼자 성기를 만지기도 하고 침대가 흔들리도록 성행위를 하는 듯한 행동을 하기도 해.

현주 : 너 잘 감시해야겠다. 일 더 커지기 전에.

연희 : 실은 결혼하기 전에 내가 남편 속을 좀 많이 썩혔거든. 두 번이나 결혼을 번복했어. 그래서 나한테 많이 실망한 것 같아. 그래서 한눈 파는 게 아닐까?

현주 : 애는……, 그런 게 어딨니. 이미 결혼했는데. 남자는 누구나 바람을 피워. 그러니 철저히 감시해야 해.

연희 : 현주야, 넌 네 남편 바람기 어떻게 잡고 사니?

현주 : 바람을 잡을 순 없어. 하지만 최대한 바람이 피어나지 못하게 방어할 수는 있지. 내가 방법을 알려줄 테니 정신 차리고 들어.

연희 : 응, 알았으니 자세히 알려줘.

현주 : 일단 강하게 협박을 해야 해. 이렇게 함으로써 연희 네가 평소에 남편의 바람을 지극히도 경계하고 있음을 알려야 해. 바람에 무지한 주부들도 많거든. 그러다 뒤통수 맞으면 여자만 손해다. 한 마디로 네가 남편에게 무척 신경 쓰고 있다는 걸 보여줘야 해. 협박은 강도가 높을수록 좋아. 바람을 피웠다간 가정이고 직장이고 모두 끝장난다고 겁을 줘야 해.

연희 : 휴~, 쉬운 일은 아니구나. 그이는 내가 의심하면 화부터 낸다.

현주 : 여자에게 남자의 바람은 목숨을 잃는 것과 마찬가지야. 그러니 쉽게 포기해선 안 되지.

연희 : 알았어. 그 다음은.

현주 : 그 다음은 무조건 쫓아다녀야 해. 어딜 가든 가능한 한 쫓아가. 아이가 있으면 아일 들쳐 업고라도 쫓아가.

연희 : 그것도 쉬운 일이 아니구나.

현주 : 요즘은 남자가 바람 피울 수 있는 유혹이 너무 많아. 휴대폰 통화 내역이랑 문자도 절대 지우지 못하게 해. 그리고 한 달에 한 번씩 정기적으로 내역을 뽑아서 확인하는 것도 잊지 마. 이메일 아이디와 비밀번호도 공유해. 이상한 사이트에 접속하는 것도 무조건 막고. 여자가 꼬일 소지가 있는 건 무조건 차단해야 해. 통장이랑 카드 내역도 당연히 확인하고.

연희 : 휴, 그것도 쉬운 일은 아니구나. 내가 그러자고 하면 우리 남편은 아마 날 죽이려 들걸.

현주 : 그럼 애당초 포기해. 바람은 철저한 바람막이를 쓰지 않는 한 절대 막지 못해. 막을 자신이 없으면 그냥 바람이 잦구나, 하고 체념하고 사는 수밖에 없어.

연희 : 그런데 현주야, 그렇게 해도 네 남편은 가만히 있니?

현주 : 물론이지. 오히려 남편이 더 좋아해. 사실 남자들이 바람 피우는 건 여자 탓이 크거든. 여자들이 꼬이면서 바람을 일으키니까. 그걸 내가 다 차단해 주니 남편도 편하대. 바람 센 데 살아서 좋을 게 뭐 있니. 팔자만 세지지. 너도 남편 지갑 몰래 뒤지면서 맘고생 하지 말고 당당하게 나가 봐. 넌 법적으로나 현실적으로나 막강한 조강지처야.

연희 : 알았어, 노력해 볼게. 하지만 자신은 없네.

현주 : 나도 처음부터 이랬던 건 아니야. 남자들은 끊임없이 저항

하거든. 그래서 한 발작 물러날 때도 있었고, 때론 다시 치고 들어가기도 하면서 터득한 거야. 그러니 쉽게 포기하진 마.

전화를 끊고 난 뒤 연희의 입에선 한숨이 터져 나왔다. '결혼 생활이 절로 되는 게 아니구나. 어렸을 땐 백마 탄 왕자님이 날 번쩍 안아들고 궁으로 들어가 평생 행복하게 해 주는 게 결혼인 줄 알았는데. 이건 완전히 전쟁이네. 피 튀기는 노력이 필요한 전쟁'

본능의 역사가
생명의 역사다

요즘 정혁이 일하는 정신병원에는 젊고 건강한 주부들이 의외로 많이 입원한다. 젊고 건강한데 정신병원에 입원하는 이유가 궁금하지 않은가? 바로 바람을 피우지 못하기 때문이란다. 바람을 피우고 싶은데 못 피우게 되니까 우울하고 가슴이 벌렁벌렁하고 남편이 원망스러워 입원한다는 것이다. 어떤 주부는 물리치료를 받으러 갔다가 물리치료사와 바람이 났고, 어떤 주부는 아이 학교 담임선생님과 바람이 났단다. 바람을 피우다 걸려서 더 이상 못 피우게 된 경우도 있고, 바람은 피웠지만 감히 섹스까지 할 용기는 나지 않아 스스로 관계를 끊었다가 불안증과 우울증을 겪으면서 입원한 경우도 있다. 한 주부는 상습적으로 바람을 피웠는데 남편의 집요한 감시로 그것마저 불가능해지자 덜컥 드러눕고 말았다. 그녀의 마음속은 오직 한 가지 분한 생각밖에 없었는데, 바로 남편에 대한 분노였다. 어떻게든 자기가 망가지든지 콱 죽어버리든지 해서 남편 속을 뒤집어 놓겠다는 것이다. 그렇다고 주부들이 섹스에 중독돼서 바람을 피우는 것은 아니다. 어떤 주부는 섹스는 남편이 더 잘하지만 감성은 애인과 더 잘 맞는단다. 애인과의 섹스는 뭔가 찜찜하단다. 그럴 땐 '부족한 것은 집에 가서 풀지 뭐!' 하고 체념했다고 한다. 아무튼 이해 못할 일이다.

사실 정혁으로선 이런 주부들을 치료한다는 것이 무척 힘들었다. 그녀들이 원하는 것은 계속 바람을 피우는 것이기 때문이다. 그래서 어떤 주부에게는 할 수 없이 "그럼 계속 피우세요."라고 말하기도 한다. 주부의 바람이 늘어남과 동시에 남편들의 우울증도 늘어났다. 한 남편은 정혁을 찾아와 이렇게 하소연했다.

"이건 완전 유괴범이에요, 유괴범. 아이 낳아 놓고 저는 바람 피우면서 마음대로 해라 이거잖아요. 애들 때문에 이혼할 수도 없고, 같이 살자니 열불이 터지고 정말 환장하겠어요."

이런 고통은 남편들에게 지대한 타격을 준다. 잘 극복하면 모를까 그렇지 못하면 정신 질환이나 심각한 신체 질환을 앓게 되기 때문이다. 사실 인간이 이렇게 바람을 피우는 것은 본능 때문이다. 정혁이 지금껏 많은 환자들을 보며 내린 결론은 다음과 같다.

___ 남자는 여자가 두 명 있어야 한다. 아이 낳고 키워 줄 여자와 함께 놀아 줄 여자. 아무리 점잖고 과묵한 회장님이라도, 아무리 고매한 교수님이더라도 실상을 들여다보면 다 애인이 있다. 남자에게 여자가 둘 있어야 하는 이유는 수컷의 본능 때문이다. 양계장에는 암탉 3백 마리에 수탉 세 마리만 있으면 된다. 그만큼 수컷은 씨를 뿌리는 본능이 강하니까. 그렇다고 남자 하나가 3백 명의 여자를 거느릴 필요는 없다. 두 명만 있어도 번갈아 관계를 맺으면 새로운 기분을 느낄 수 있으니까. 남자의 성적 본능에 비춰 볼 때 애당초 일부일처제는 무리다. 그렇다고 여자들 자존심까지 꺾어가며 일부다처제를 할 순 없다. 가장 좋은 것은 가족 모르게 바람을 피우는 것이다. 그게 서로에게 가장 좋다. 남자의 바람은 생존을 위한 것이다. 바람을 못 피우면 죽거나 미치니까.

___ 여자 역시 남자가 둘은 있어야 한다. 돈 벌어다 주는 남자와 놀아 줄 남자. 여자가 그러한 것은 여자 또한 가급적 우수한 유전자를 원하기 때문이다. 하지만 여자는 아이와 사랑에 빠지니 때로는 놀아 줄 남자가 없어도 되기도 한다. 그러나 아이를 키우는 것보다 아

이를 낳는 본능이 더 강해서 여자는 남자가 생기면 아이마저 외면한 채 새로운 사랑에 빠지는 것이다. 이게 여자의 본능이다. 그래서 남자들은 죽기 살기로 여자들이 바람 피우지 못하게 감시하는 것이다. 자기는 멋대로 바람을 피우면서도 여자가 바람을 피우면 죽을 것만큼 괴로워한다. 남자는 바람을 피워도 가정을 지키지만 여자는 그렇지 않기 때문이다. 남자는 여러 가정을 거느릴 수 있지만 여자는 새로운 아이를 낳을 수 있는 새로운 가정에만 매달린다. 애들은 어떻게든 자라게 되어 있으니까.

물론 여자라고 해서 여러 가정을 거느리지 못한다는 것은 아니다. 하지만 여자는 안다. 들킬 경우 남자가 자기를 평생 용서하지 않는다는 것을. 그래서 여자들은 사랑에 빠지면 더더욱 새로운 가정으로 도망가고 거기에 더 집중한다. 그러나 요즘 남자들은 여자가 바람나더라도 참고 살기도 한다. 과거와는 달리 여자들도 경제권이 있어서 헤어지면 남자만 더 힘들 수도 있다는 걸 알기 때문이다. 그래서인지 남자들은 살면서 한 번씩은 의처증에 빠지곤 한다. 실제로 여자가 바람을 피울 때도 그렇지만 그렇지 않을 때도 말이다. 여자의 본능적 성향, 그리고 여자들의 독립심에 대한 두려움 때문일 것이다. 특히 여자들의 바람은 여성성이 사라지는 40대 전후가 무섭다. 그때 그네들은 최후의 발악을 하니까. 때로는 그 나이가 50세까지 연장되기도 한다.

정혁이 보기에 이 공식에서 벗어나는 남녀는 별로 없다. 겉으로는 아무리 점잖은 척해도, 절대 바람을 피워선 안 되는 위치에 있어도 속으로는 본능을 따르고 있다. 본능의 힘은 꺾거나 막을 수 없기 때문이다. 본능의 역사가 곧 생명의 역사다.

불륜 방지
프로그램

어느 날 한 여자가 찾아왔다. 외도를 하다 들켜 집에서 칩거하다가 우울증이 발생한 케이스였다. 남편은 그녀를 용서하면서 두 번 다시 그 남자를 만나지 말 것을 요구했다. 그녀는 남편에게 무척 미안하고 고마웠지만 그 남자와의 인연을 끊을 수는 없었다. 그 남자와는 대화도 잘 통했고, 이혼까지 해 가면서(그 부인이 이렇게 말했단다. 바람 피우는 것은 용서하지만 사랑한다면 용서할 수 없다고.) 오로지 그녀에게 인생을 걸고 있었기 때문이다.

그녀는 사랑을 나눌 수 있는 실체가 필요했다. 남편은 무척 바쁘고 성격도 맞지 않았다. 마주 앉아도 할 말이 없었다. 그렇지만 용서

해 준 남편을 두고 어떻게 또 그 남자를 만난단 말인가. 또 다시 그런 일이 벌어진다면 남편은 그녀를 절대 용서하지 않을 것이다. 그럼 사랑하는 아이들과도 헤어져야 한다. 주변 사람들이 모두 말렸다. 그 남자와 두 번 다시 연락하지 말라고 했다. 만나고 싶으면 남편과 이혼하고 깨끗이 만나라고 했다. 그녀를 이해하는 목소리는 없었다. 주변의 반대가 심해지면서 우울증은 점점 깊어졌고, 남편은 아내의 모습에 실망하면서도 안타까워했다. 다른 정신과를 다니며 오랫동안 약물 치료를 받았지만 별 효과가 없었다. 나는 그녀에게 이렇게 말했다.

"아무래도 환자분께선 저와 좀 만나야겠군요. 저녁도 같이 먹고 영화도 같이 보고."

그리곤 남편을 불러 똑같이 말했다.

"아무래도 당신 부인과 데이트를 좀 해야겠습니다. 하지만 바람을 피우진 않을 테니 걱정 마십시오."

남편은 흔쾌히 허락했다.

"바람 피워도 좋으니 아내를 고쳐만 주십시오."

그 후 그 환자를 방송 출연장에 데려가기도 하고 후배와 같이 하는 점심 식사 자리에도 데려가고 둘이 오붓하게 앉아 차를 마시기도 했다. 함께 돌아다니면서 많은 대화를 하고 그녀에게 용기를 주기도 했는데 어느 날 그녀가 말했다.

114

"선생님, 어제는 약을 먹지 않고도 잘 잤어요. 이젠 좋아진 것 같아요. 이런 상태가 언제까지 갈지는 모르겠지만."

그리고는 아직까지 연락이 없다. 그녀와 데이트를 해야겠다고 말한 날 문득 이런 단어가 떠올랐다.

불륜 방지 프로그램.

쉬쉬하고 있을 뿐 사실 많은 부부들의 에너지가 불륜에 쏠려 있다 해도 과언이 아니다. 하지만 문자 그대로 불륜은 '불법적인 사랑'인 만큼 사람들은 애타는 가슴을 접거나 보수적으로 재무장한다. 그렇다면 현대에서 불륜은 왜 그리 흔하고, 우리의 에너지는 왜 불륜을 향해 쏠려 있는가? 불륜에 쏠려 있는 사람들의 에너지를 안전하게 풀어줄 수 있는 장치는 없는 걸까? 곰곰이 생각한 끝에 다음과 같은 불륜 방지 프로그램을 짜 보았다.

불륜 방지 프로그램

외도, 혹은 불륜을 하는 사람들의 심리

상자 안에 빛을 가두면 그 상자는 어떻게 될까? 내 생각엔 생명체가 된다. 그 다음엔 어떻게 될까? 상자 전체가 빛이 된다. 40억 년 전, 원시 지구에 물을 실은 운석과 불을 실은 수많은 운석이 떨어지면서 생명의 기본 구조가 탄생했다. 시작은 미미했지만 그 구조는 자기 안에 빛을 가두고 있었다. 불안정한 대기, 수많은 운석들의 충돌로 빛이 어떤 곳에 갇히고 만 것이다. 빛은 그곳에서 탈출하기 위해 그 안에서 무수히 많은 회전을 했고, 그로 인해 생명체가 탄생했다. 생명체 안에서 빛은 또 무수히 회전하면서 생명체를 진화시켰고, 빛을 향해 나아가게 했다. 빛이 가둬진 곳에서 벗어나는 방법은 자기를 가둔 것을 빛으로 만드는 것이다.

빛은 가성 양전자와 가성 음전자가 교차하면서 전기장과 자기장을 만들며 계속 나아간다. 빛이 나아가면서 무수한 빛의 조각들이 떨어져 나간다. 그 조각들은 먼지에서 무생물, 그리고 우리의 육체까지 다양하다. 즉 우리 몸은 때라는 무생물과 살과 뼈라는 육체가 빛의 폭발 중에 만들어진 것이고, 빛은 빛대로 우리 안에 존재한다. 우리 안에 존재하는 빛을 영혼이라고 한다.

물적으로 풍요로운 지금, 우리의 육체는 충분히 충족됐다. 하지만 영혼, 빛은 충족되지 않았다. 아니 충족시킬 수 없다. 빛은 무한히 뻗어가기 때문이다. 빛의 충족은 폭발로 가능하다. 빛은 폭발하면서 나아가기 때문이다. 내 안의 빛, 영혼의 폭발은 사랑과 도전으로 가능하다. 정반대의 존재는 내 영혼을 끌어당기고 파괴적인 힘들의 충돌은 새로운 것을 만들어낸다. 현대 사회에서 불륜이 많은 것은 이 때문이다. 먹고 사는 문제가 충족되니 내 안의 빛, 영혼을 충족시키려고 하는 것이다. 그 충족을 존재는 감성적 충족으로 느낀다. 내 감성이 충족됐을 때 내 안의 영혼도 만족하며, 이때 비로소 안정이 이루어진다. 그러나 그 충족은 끊임없이 요구한다. 내가 정말 이상적인 존재와 만나 사랑하면서 폭발해 이 우주에서 사라질 때까지 내 영혼은 목말라할 것이다. 그렇기 때문에 바람과 사랑, 그리고 이상적인 사랑에의 추구는 끊이지 않는다.

논의 1 불륜, 과연 나쁘기만 한 것인가?

인간의 욕망에 대해 학계 최초로 학문적인 연구를 시도한 심리학자 에이브러엄 매슬로우Abraham Maslow는 인간의 에너지는 의식주가 채워지면 다음은 안정으로, 안정이 채워지면 다음은 사랑과 소속감으로, 다음은 명예와 자기 존중으로, 그 다음은 자기 실현으로 나아간다고 했다. 아마도 새로운 사랑에의 유혹, 젊고 아름다움의 유혹, 깊이 빠져드는 사랑의 유혹은 에너지가 남아돌수록 끝이 없을 것이다. 인생의 에너지를 풀어내는 모든 것은 사랑으로 설명할 수 있으니까. 현대 사회에서 불륜을 나쁘다고만 할 수 있는 사람은 별로 안 될 것이다. 우리 대다수는 불륜의 유혹에 꿈틀대고 있을 테니까.

사랑은 끝 간 데 없는 자유로움이지만 그만큼 고달프기도 하다. 자유는 인간을 즐겁게 하지만 그만큼 인간을 지치게 한다. 자유의 길을 떠났다가 다시 돌아오는 사람들의 심리는 그만큼 고달프기 때문일 것이다. 인간 에너지는 원래 모순으로 얽히면서 축적된 만큼 한쪽으로는 자유의 축을 돌면서 다른 쪽으로는 안정의 축을 돈다. 자유롭게 날아가기엔 용기가 없거나, 에너지가 모자라거나, 쌓인 한이 많거나, 자식에 대한 사랑이 넘칠 때 그는 본래의 자리로 돌아와 안정을 구한다. 그러나 혈기 왕성할 때 돌아오기란 어지간한 의지의 소유자가 아니고선 쉽지 않다.

간이 룸살롱

강의가 끝난 뒤 파트너를 정한다. 시간 끌 것 없이 자리에서 일어나 5~10분 안에 앉고 싶은 사람 옆에 앉으면 된다. 용기 없는 사람은 계속 마음에도 없는 파트너 곁에 머무는 수밖에 없다. 룸살롱을 가면 팁 10만 원에 미인이 옆에 앉고, 돈 조금 더 쓰면 밴드 부르고 양주까지 마시며 질펀하게 놀 수 있다. 룸살롱을 왜 가나 싶은데 미인에게 호령하는 맛에 가는 게 아닐까 싶다. 그러나 굳이 그렇게 많은 돈 들여가며 놀 필요가 있을까? 사랑은 여럿을 상대로 가볍게 빠지는 것보다 한 사람에게 깊이 빠지는 게 훨씬 더 재밌고 가치 있다. 그래, 그렇다면 건전한 룸살롱을 만드는 것이다. 파트너가 정해지면 각자의 개성을 뽐내며 함께 논다. 간단히 술도 곁들인다. 무대를 이용해 노는 것이 좋겠다. 무대에 서서 각자의 개성을 뽐내는 것이다. 무대에 발을 딛고 팔을 벌려 객석을 향해 자기를 외치면 엄청 신이 날 것이다. 룸살롱처럼 놀다가 헤어지니 얼마나 좋은가. 물론 이 과정에서 감정이 싹터서 연애를 하게 되면 더욱 좋고, 그건 알아서 할 일이다. 감성의 충족, 영혼의 충족을 원하지만 가정을 지키고 싶은 사람은 모여서 놀기만 하면 된다. 공개적으로 노는 것을 질타할 사람은 아무도 없다. 바람은 어둠 속에서 불 때 문제가 되는 것이다.

이것이 내가 요즘 구상하고 있는 '불륜 방지 프로그램'이다. 불륜을 꿈꾸는 사람 누구나 올 수 있다. 공개적으로 싸고 재밌게 바람을 피우는 것이다. 정신과 의사 등 전문가의 서비스를 받으면서.

잘만 찾으면
오늘 밤은 따뜻하게
잘 수 있으리라

동철은 비틀거리며 지하철을 탔다. 어지럽고 현기증이 났다. 겨우 다음 칸으로 넘어가려는데 누군가가 손을 뻗어 도와주려고 한다. 순간 동철도 모르게 화가 났다.

"뭐야, 이 새끼야. 니가 그래서……."

동철도 모르게 욕이 마구 쏟아져 나왔다. 욕하는 것으론 성이 차지 않아 다가가니 그 사람이 멀찌감치 물러난다. 아마도 상대하지 않으려는 것 같다. 계속 쫓아가면 일이 더 커질 것이다. 갑자기 눈앞이 캄캄해지며 현기증이 인다. '그래, 여기서 그만 두자. 저 사람이 무슨 잘못이 있다고. 나를 이 지경으로 만든 건 다른 연놈들인데.'

동철은 한때 잘나가던 소설가였다. 베스트셀러 작가로 한참 주가를 올릴 즈음 아내가 바람을 피웠단 사실을 알게 되었다. 그것도 여러 해에 걸쳐 휘황찬란하게. 아내가 동철과 있을 때 표정이 항상 뚱했던 것은 본래 성격 때문이 아니라 머릿속이 다른 남자 생각으로 꽉 차 있었기 때문이다. 어떻게 하면 그 남자와 밤을 보내고 여행을 할까 하는 생각으로. 심지어 그 남자에게는 온갖 애교를 다 떨었다. 동철은 배신감에 치를 떨었다. 아이들까지 있는 여자가 바람을 피우다니. 동철은 아내가 바람난 사실을 알면서도 아내를 덮친 적이 있다. 그러나 아내는 모든 것이 드러나자 동철을 완강히 거부했고, 나중엔 불감증으로 반응했다. 동철은 엄청난 모욕감을 느꼈다. 그동안의 관계는 모두 거짓이었던 것이다. 동철은 남편으로서 당할 수 있는 모욕은 다 당했다고 생각했다. 그래도 아이들에게는 엄마가 필요하다 생각해 참고 또 참았다. 그러나 더 이상은 아니었다. 계속 참다가는 미치거나 죽어 버릴 것 같았다.

동철은 날마다 술에 찌들어 살았다. 그러던 중 동철의 책을 담당한 출판사 여직원과 사귀게 되었다. 그렇게 바람을 피웠지만 마음속의 상처는 가라앉지 않았다. 동철은 집을 나와 새로 사귄 애인과 살림을 차렸다. 그러나 새로 사귄 애인도 마찬가지였다. 동철을 이리저리 꼬드겨 돈을 빼먹고 펑펑 쓰게 하더니 결국엔 다른 남자와 달아났다.

불행은 왜 이리도 겹치는지, 그 다음에 만난 여자는 꽃뱀이었다. 아니, 꽃뱀 부부였다. 관계를 맺고 나니 남편이란 작자가 나타나서 거액을 요구했다. 그런 적 없다고 잡아떼니 여자가 더 적극적으로 관계를 맺었다고 주장한다. 나중에 알고 보니 그 여자는 동철과 처음 만난 날부터 모든 것을 세세히 기록해 놓고 있었다. 언제 어디서 커피를 마시고, 어디 가서 저녁을 먹었는지까지. 꼼짝없이 원하는 대로 줬다.

그렇게 한 재산 뜯기고 또 다른 여자를 만났다. 이번엔 이혼녀였다. 요조숙녀처럼 온갖 아양을 다 떨더니 어느 날 다른 남자와 함께 있는 것을 동철에게 들켰다. 그러더니 바로 돌변하여 동철의 먹살을 붙잡고 늘어졌다. 동철이 뿌리치니 그날로 병원에 드러누워 거액을 요구했다. 동철은 정당방위를 주장했지만 여자의 엄살을 이길 순 없었다. 그녀는 무려 6개월을 입원해 있으며 동철을 뽑아 먹었다. 그녀는 프로였다. 프로에게 몽땅 털린 동철은 결국 알거지가 되어 갈 곳 없는 노숙자 신세로 전락했다.

마음속은 사람에 대한 증오만이 가득했다. 글은 다시 쓸려고 해도 쓸 수가 없었다. 감정이 너무 북받쳐 아무 생각이 나지 않았다. 잠만 자면 꿈속에선 아내가 바람을 피웠다. 술에 의지하지 않을 수 없었다. 그렇게 술을 마시다 보니 몸도 점점 나빠져 갔다. 한 곳에 가만히 있을 수 없었다. 가만히 있으면 불안해서 견딜 수가 없었다. 결국 지하철을 타고 여기저기 돌아다니는 게 일과가 되었다. 지하철 안에서도 가만히 있을 수가 없어 비틀거리며 왔다 갔다 하다가 아까 그놈을 만난 것이었다. 그놈은 꽤나 선량해 보였는데, 그래서 불쌍했다. 그래 한 번 살아봐라. 그렇게 선량하게만 살 수 있는지! 이 세상에 믿을 연놈 하나도 없다. 자식이 있어도 바람 피우고 뒤통수치는데 누굴 믿고 산단 말인가.

동철은 이대로 인생이 허물어지는 게 너무나도 억울했지만 어쩔 수 없었다. 더 이상 버틸 힘이 없다. 그래 처음부터 만나는 게 아니었어. 그렇게 고집 세고 걸핏하면 화를 내더니 결국 제멋대로 사고를 쳤어. 내 인생까지 거덜내면서. 문제는 그래도 아내가 제일 나았다는 것이다. 다른 여자들은 하나같이 한 술 더 떴으니까. 아, 정말 세상 살기 싫다. 나같이 착한 사람이 왜 이런 꼴을 당해야 해!

그 순간 갑자기 어디선가 노랫소리가 들려왔다. 아내의 목소리다. 놀라 돌아보니 지팡이를 짚은 한 맹인 여자가 손에는 돈그릇을, 등에는 아기를 업은 채 노래를 부르고 있다.

달이시여

그대는 모든 것을 잘 알고 있나니

달이시여, 달이시여

외로운 저에게 말해 주소서

제가 찾는 님이 어디에 계신지

제가 그리는 님이 어디에 계신지

행여 마음이 아프지나 않은지

행여 몸이 아프지나 않은지

그대는 다 알고 있나니

외로운 저에게 말하여 주소서

- 영화 〈화엄경〉 중에서

그 모녀를 보니 동철도 모르게 눈물이 흘렀다. 아내도 지금 아이들을 키우느라 모진 고생을 하고 있겠구나. 그깟 바람이 뭐라고. 지나고 보면 아무것도 아닌데.

그러나 다시 집으로 돌아가곤 싶진 않았다. 아내가 바람 피우는 것을 알게 된 날 동철은 밤새 추위에 떨었다. 아침에 일어나니 마치 냉동실에서 자다 깬 것 같았다. 얼어 죽는 것보단 차라리 객사하는 게 낫다. 동철은 지하철에서 내려 따뜻한 자리를 찾았다. 잘만 찾으면 오늘 밤은 따뜻하게 잘 수 있으리라.

내 팔자는
꽃용 팔자?

한 점쟁이가 나에게 이렇게 말했다. 허접한 여자들 뒤치다꺼리나 하면서 돈 많이 날릴 거라고.

점쟁이의 말이 맞았던 것일까. 실제로 나는 인연 따라 사람을 사귀는 편인데 이상하게 만나는 여자들마다 허접한 경우가 많았다. 여기서 '허접하다'의 기준은 돈과 명예, 학식이 아니라 얼마나 진실된 사람이었느냐를 말한다. 사람을 만나는 데 있어 상대에게 거짓말을 하고 자기 말에 신용이 없으면 허접한 것이다. 그래서 나는 아무리 인연이 소중해도 거짓말한 사실이 드러나면 사랑을 거두는 데 서슴지 않는다. 그러나 이렇게 했음에도 불구하고 여자로 인해 날린 돈과 뜯긴 돈은 어마어마하다. 그 돈을 알뜰살뜰 잘 불렸다면 지금쯤 큰 부자가 됐을 것이다.

여자들을 만나면서 공통적으로 느낀 것은, 그네들은 잘해 주면 자시신이 굉장히 대단해서 내가 잘해 주는 걸로 착각한다는 것이다. 나는 단지 인연이 닿았기 때문에 잘해 주는 것뿐인데. 심지어 대부분 오만을 떨며 욕심까지 부린다. 그러면 관계는 당연히 끝난다. 욕심까지 받아주는 것은 인연이 아니니까. 다른 남자까지 욕심내는 여자를 어떻게 봐주겠는가.

잘해 줄 때 고마워하고 자신을 지키는 여성을 찾기란 참으로 힘들었다. 욕심은 그렇다 치고 심한 경우 폭력에 협박까지 서슴지 않았다. 그렇게 행동해도 내가 계속 잘해 줄 것이라고 믿었단 말인가. 감당이 안 되면, 인연이 아니라 판단되면, 거짓이 드러나면 나는 단호해진다. 더 이상 끌려다닐 필요가 없어지니까.

그렇다면 난 어쩌다 이런 운명을 타고 났을까? 아마 전생에 꽃뱀 수괴, 아니 꽃용이라도 됐으니 이렇게 된 게 아닐까? 전생에 숱한 남자들 주머니를 계속 털어댔으니 이번 생에서는 내가 계속 털리는 것이 아닌가 싶다.

뭐니뭐니해도
최고의 꽃뱀은
조강지처야

꽃들이 화사하게 피어 있는 정원,
서너 명의 여인이 모여 있다. 한결같이 아름답고 매력적인 몸매를
지녔다. 한 여인은 얼굴에 하얀 가리개를 하고 있다. 그러나 입에서
나오는 말은 외모와 어울리지 않게 거칠다.

"야, 이년아, 고작 이것밖에 못 뜯었어. 네 성형수술비가 얼마나
들었는지 알아? 늙다리를 처녀 같이 만들어 줬더니 고작 3천만 원밖
에 못 받아내? 너 꽃뱀이야, 꽃지렁이야?"

앞에 앉은 여자가 얼굴을 붉히며 머리를 조아린다.

"선생님, 그 새끼가 워낙 괴짜라서요. 웬만한 남자들은 그 정도 하

면 다 꼬리를 내리는데 그놈은 더 기세등등해져 가지고."

"닥쳐, 째진 입이라고 함부로 놀리지 마. 아랫입도 그렇게 잘 놀려 봐! 이 세계에서 3천은 돈도 아니야. (한 여자를 가리키며) 쟤 봐, 늙은 의사 하나 잘 엮어서 건물 하나 후딱 말아왔잖아. 이렇게 벌다간 우리 학교도 문 닫아야 해. 아무튼 문제는 문제야. 네년 기록을 면밀히 살펴봤는데 어떻게 그렇게 뻔뻔한 놈이 다 있냐? 매스컴에서 그렇게 떠드는데도 더 기세등등하니. 아니, 대놓고 나 꽃뱀 사랑했다고 주장하는 놈이 어딨어. 처자식도 있는 놈이."

"그러게 말이에요. 뭘 감추려고 해야 협박을 할 텐데 오히려 지가 더 드러내놓고 난리를 치니."

"넌 닥치고 있으라니까 뭘 잘했다고 입을 놀려. 하, 이건 뭐 내가 직접 나설 수도 없고."

그때 구석에 앉아 있던 한 여인이 조용히 끼어든다.

"선생님, 제가 한 번 해볼까요? 저도 기록을 면밀히 살펴봤는데 해볼 만한 것 같아요."

"뭐, 니가? 안 돼. 그놈 돈도 없어. 큰소리나 치지. 아냐, 그래 이건 돈을 떠나 자존심 문제야. 너 얼마나 뜯을 자신 있니?"

"3억에서 10억. 구속시키면 꼼짝 못하겠죠."

"언니, 잘해야 해! 그놈 지독한 또라이야. 내가 보기엔 구속만 가지곤 힘들어."

"걱정 마! 기록은 완벽하게 검토했어. 걔는 내 이빨에서 못 빠져나가! 너한테는 용케 빠져나갔을지 모르지만 나한텐 어림없어. 구속은 죽음이나 마찬가지야. 그놈이라고 별 수 있으려고."

선생이라고 불린 여인이 말한다.

"좋아, 너한테 한 번 맡겨보마. 이건 우리 꽃뱀들의 자존심이 걸린 문제야. 우리가 돈 들여, 시간 들여, 젊음 들여. (앞에 있는 여자의 머리채를 잡아채며) 얘 정도밖에 못 뜯어내면 사업 접어야 해! (여인들을 둘러보며) 이년들아, 남편 바람 뒤치다꺼리나 하면서 애 낳고 펑퍼짐하게 살래?"

여인들, 다들 기가 막힌 듯 고개를 설레설레 젓는다.

"아뇨!"

"이 나라가 언제까지 체면 문화가 지속될 것 같아? 여기 같은 꽃뱀들의 천국도 오래 못 가. 간통죄도 유명무실해졌고 혼인빙자간음죄는 이미 없어졌잖아. 챙길 수 있을 때 바짝 당겨내야 한다고. (다소 곳한 여자에게) 근데 너 꽃뱀 수칙은 다 외우고 있는 거야?"

"당연하죠. 첫째, 남자를 무조건 칭찬한다. 둘째, 남자를 무조건 존중한다. 셋째, 여성스러운 척 내숭을 깐다. 넷째, 솔직 담백하고 자연을 가까이 하는 척한다. 다섯째, 서두르지 않는다. 여섯째, 미끼를 물면 번개같이 잡아챈다. 일곱째, 스캔들이 터지면 샐쭉한 표정으로 협박하며 오로지 돈에만 집중한다. 여덟째……."

"그만, 그만! 그만 하면 됐어. 자, 우리 재의 앞날을 위하여 다함께 구호 한번 외칠까."

여인들, 오른손을 하늘로 쭉 뻗는다.

"너 이대로 가다가 의사 짓 못할 줄 알아!"

"너 이대로 가다가 공무원 짓 못할 줄 알아!"

"너 이대로 가다가 변호사 짓 못할 줄 알아!"

"너 이대로 가다가 군인 짓 못할 줄 알아!"

그날 밤, 선생이라 불린 여자는 서둘러 집으로 돌아갔다. 남편은 TV를 보며 기다리고 있었다. 남편이 부드러운 목소리로 말한다.

"당신, 늦었네. 무리하지 마. 우리 이제 이만큼 벌면 먹고 살기 충분하잖아."

"아니에요. 얘들 뒷바라지 제대로 하려면 벌 수 있을 때 더 벌어야 해요. 미안해요. 내일부턴 늦지 않을 게요."

"그래, 당신 덕분에 내 사업도 잘되고 기반도 탄탄해졌으니 우리 이제 여유 좀 갖고 살자."

"그래요. 언제 시간 내서 가족 여행 한 번 가요. 난 애들 좀 보고 올게요."

아이들 방으로 건너가니 아이들은 천사같이 잠들어 있다. 잠결에 걷어찬 이불을 다시 덮어주며 여인은 속으로 이렇게 중얼거렸다.

"뭐니뭐니해도 최고의 꽃뱀은 조강지처야. 남편 한평생 부려먹어, 유산 다 받아, 아이들 예뻐 얼마나 좋아. 늙으면 어차피 꽃뱀 짓도 못할 텐데. 하지만 조강지처야 나이도 안 타고 얼마나 좋아. 이거야 말로 진정한 꽃뱀 아니 꽃용 팔자지."

발령!
꽃뱀주의보

그땐 정말 어처구니가 없었다. 그
녀와 딱히 관계도 없었고, 딱 한번 관계를 가질까 말까 하던 참에 간
통죄에 걸려 구속되고 말았다. 구속된 뒤 그녀의 남편이란 작자가
요구한 금액은 상상을 초월했다. 난 그 돈을 줄 바엔 차라리 형을 살
겠다고 버티다 결국 만기 출소했다. 생각하면 할수록 억울했다. 병
원 인테리어를 마치고 들어가기도 전에 꽃뱀한테 낚였으니 말이다.
출소하고 나니 모든 게 엉망이 돼 있었다. 부인과는 당연히 이혼이
고, 병원은 엉망이 돼 재기의 희망이 보이지 않았다. 할 수 없이 강
남의 좋은 터를 두고 지방으로 내려갔다. 학회에서도 의사의 명예를

추락시켰다고 나를 제명했다. 망신살이 이만저만이 아니다. 어떻게 해서든 재기해야 했다. 꽃뱀에 물려 인생을 접을 순 없지 않은가. 독한 마음먹고 몇 년을 고생한 끝에 가까스로 돈을 모아 다시 상경했다. 그래도 분한 마음은 가시질 않았다.

꽃뱀들은 의사 꼬드기는 게 가장 쉽다고 한다. 좋다고 매달리면 자기가 잘나서 그런 줄 알고 넘어온다는 것이다. 나 같은 피해자가 더 이상 생기지 않게 하려면 동료 의사들에게 주의를 환기시킬 필요가 있다. 그래서 나는 무기명으로 동료 의사들에게 다음과 같은 꽃뱀주의보를 발령하는 바이다.

프로 꽃뱀들은 개업을 해 어느 정도 자리를 잡고 한숨 돌릴 때쯤 쳐들어온다. 그녀들은 마치 구원의 여신이라도 된 양 솔직하고 순수하게 다가온다. 주위에 떠도는 가식과 체면, 음모와 술책, 말 바꾸기, 말 안 하기, 시간 끌기 등과는 거리가 먼 모습으로 접근한다. 상큼하고 고귀해(?) 보이기까지 하는 여자가 거짓 없이 솔직하고 행동 또한 담백하고 대담하며 거기에 눈물까지 적절히 가미했으니 어떤 의사가 혹하지 않겠는가.

이는 비단 남자 의사뿐만이 아니다. 여자 의사 역시 그동안 눈치 보고 감정을 억압하며 바삐 살다가 솔직하고 핸섬한 남자가 다가오면 무조건 호감을 보이며 빠져든다. 꽃뱀과 제비들의 가장 큰 특성은 '솔직함'이다. 솔직함은 상대방의 진실을 일깨우며 상대의 잠재된 에너지를 자극해 끌어올리는 힘이 있기 때문이다. 특히 체면과 가식, 눈치 보는 데 급급한 사람들의 억압된 감정은 솔직한 사람을 만났을 때 영혼이 끓어오르는 충격을 받는다. 지금까진 어디서도 그런 상대를 모을 수 없었기 때문이다.

꽃뱀에 엮인 남자들의 입에서 맴도는 말은 '순수'다. 얼마나 순수하게 살지 못했으면(순수에 목말랐으면, 순수를 억압하고 살았으면) 조그만 순수에 그렇게 혹할까. 순수란 잔머리 굴리지 않는 것이다. 잔머리 굴리면서 살아온 사람이 잔머리 굴리지 않는 상대를 만나니 금세 반하는 것이다. 그러나 그들이 느낀 순수는 그들이 그토록 갈망해온 것이었기에 그녀가 냉큼 쥐어준 것에 불과하다. 많은 이성을 경험해 감정이 잘 발달된 바람둥이는 이성에 대한 천부적인 적응 감각이 있다. 그래서 상대가 순수한 사랑을 원하는지, 육체적 사랑을 원하는지, 고상한 사랑을 원하는지를 바로바로 파악해 순간적으로 대응할 수 있다. 또 진정한 고수는 눈앞의 이득에 급급하지 않는다. 느릴 때는 느리게, 급할 때는 급하게 보낼 것은 보내고 다가오는 것은 맞이하며 완급을 조절한다. 그러다 기회가 닥쳤을 때는 번개처럼 덮친다. 이건 뭐라 설명할 수 없는 천부적인 감각이다. 어떤 남자는 꽃뱀이 서두르지 않았다고 하는데, 그건 그녀가 남자의 신중함을 순간적으로 알아챘기 때문인 것이다. 꽃뱀은 미끼를 드리우는 데는 하염없이 시간을 들이지만 일단 물고 나면 신속하게 낚아챈다.

그렇다면 중년의 의사들이 처자식과 명예, 그리고 현재의 위치까지 버려가면서 순수해 보이는 여자에게 빠져드는 이유가 뭘까? 바로 생명력 때문이다. 이대로 살다가는, 지금처럼 살아온 대로 눈치 보고 억압 당하며 살다가는 생명력이 시든다는 걸 알기 때문이다. 죽으면 돈도, 명예도, 가족도 소용이 없다. 그러다가 기적처럼 나타난 청초하고 발랄한 여자에 의해 그동안 잠재되었던, 억압 당하던 생명력이 다시 깨어나 빛을 발하게 된다. 그 빛이 너무도 찬란하고 소중하기에 무조건 여자를 붙들고 싶은 것이다. 나중에 어떤 대가를 치를지언정 살고 봐야 하지 않겠는가.

부부 꽃뱀에게 물린
진수씨 수난기

정신과 의사와 환자가 사랑에 빠지는 일은 종종 있다. 정신 치료는 믿음이 있어야 하는데 믿음에는 사랑이 따라오기 때문이다. 그래서 상담을 하다 보면 의사와 환자가 연인이나 새로 형성된 부모자식 관계로 발전하곤 한다. 이는 매우 흥미로운 소재로, 영화에서도 종종 다뤄지곤 한다. 〈사랑과 추억The Prince of Tides〉, 〈미스터 존스Mr. Jones〉는 정신과 의사와 환자가 사랑에 빠지는 경우이고, 〈굿 윌 헌팅Good Will Hunting〉은 정신과 의사와 환자가 새로운 부모자식 관계로 발전하는 것을 보여준다. 그런데, 이를 유혹의 기회로 사용하는 여자들이 있다. 특히 이혼 상담이 그렇다.

어느 날, 미모의 여인이 남편과의 이혼 문제를 상담하러 정신과 의사 진수를 찾아왔다. 그러나 그녀는 면담에는 별 관심이 없고 진수에게 더 관심이 있는 듯했다. 상담이 진행되고 얼마 지나지 않아 그녀는 진수를 사랑한다고 고백했다. 당황스러운 것도 잠시 그녀는 일관되게 진수를 사랑한다고 했다. 열 번 찍어 안 넘어가는 나무 없다고, 그녀의 집요한 공세에 진수도 사랑을 느끼기 시작했다. 병원을 찾아온 지 7개월 만이다. 상대가 넘어오는 낌새가 보이자 그녀는 남자가 정신을 차리지 못할 정도로 진수를 공략했다. 눈물과 콧물을 적절히 섞어가며 진수를 자기 남자로 만들었다. 진수는 드디어 그녀를 사랑하기로 결심했다. 그녀도 기다렸다는 듯 적극적으로 사랑에 빠져들었다. 사랑지상주의자인 진수는 사랑에 빠지면 모든 것을 쏟아붓는 스타일이다.

그런데 얼마 지나지 않아 그녀의 남편이라는 사람이 진수를 찾아왔다. 진수는 이미 각오가 됐다는 듯 담담히 그를 맞았다. 남편이 사나운 기세로 몰아붙이며 물었다.

"왜 내 아내를 건드렸지?"

"우리는 사랑에 빠졌을 뿐입니다."

"부부 문제를 해결하려고 보냈더니 가로채? 그러고도 당신이 정신과 의사라고 할 수 있어?"

"가로챈 적 없습니다. 우리는 각자의 선택에 의해 사랑에 빠졌을 뿐입니다."

"앞으로는 정신과 의사에게 마누라를 보내지 말라는 캠페인이라도 벌여야겠군. 이렇게나 파렴치하다니……. 그러고도 당신이 사람이라고 할 수 있어?"

"우리의 사랑은 진료가 끝난 뒤에 시작됐습니다. 그녀가 나를 찾아온 것은 남편과 화해하기 위한 것이 아니라 자기 길을 가기 위함이었습니다. 처음에 난 그녀의 마음을 방황으로 이해하려 했지만 그녀는 그렇지 않았습니다. 그녀는 자기 길을 가는 것이 절실했습니다. 그 후 우리의 면담은 끝났습니다. 자기 길을 찾는 그녀는 건강했으며, 그 후 그녀와 나의 만남은 건강한 성인 대 성인의 만남이었습니다. 나 또한 나의 길을 모색하는 한 인간이었으니까요. 우리가 서로 사랑하기까지 이 사회의 경직된 시선과 가치관, 틀을 벗는 것은 쉬운 일이 아니었습니다. 오랜 시간 눈물과 고통을 겪어야 했지요. 끝까지 나는 그녀의 사랑을 받아들일 수 없었으나 결국 사랑하게 되고 말았습니다. 일단 사랑하기로 한 이상 내 사랑을 흔들 수 있는 것은 아무것도 없습니다. 사랑은 인생에서 가장 소중한 것이니까요."

"사회적으로 매장당할 것이 두렵지 않나?"

"죽음도 두렵지 않습니다. 그리고 이 사회가 나를 매장할 수는 없습니다. 매장당해야 할 것은 시대에 맞지 않는 아집과 편견으로 마음껏 일방적인 폭력을 일삼고 있는 이 사회의 경직된 틀입니다."

남편이 고개를 흔들었다.

"사실 당신에게 분노하는 것은 아니야. 난 내 아내가 원망스러워. 내가 뭘 잘못했다는 거지? 난 가정에 충실하며 가족을 위해 열심히 살아왔을 뿐이라고."

진수는 여전히 담담하게 말했다.

"우리는 만나야 했기에 만났던 것뿐입니다. 그동안 이 험난한 세상으로부터 내 사랑을 보살펴 주고 지켜 줘서 감사합니다."

"앞으로 어떻게 할 거지?"

"계속 사랑할 겁니다."

"계속 사랑하겠다고? 당신들의 무분별한 사랑으로 깨져 버린 두 가정과 상처받은 아이들은 어쩔 거지? 당신 가정도 파탄 났을 텐데."

"앞으로 어떻게 될지는 신만이 아십니다. 우리는 우리의 사랑을 지키고 가꿀 겁니다. 그리고 허락된다면 서로 좋은 친구로 남아 아이들에게도 변함없는 사랑을 쏟아 붓고 싶습니다. 우리의 사랑이 진실되고 우리가 참사랑 속에서 빛을 발하게 된다면 언젠가 아이들도 우리를 이해해 줄 것이라 믿습니다."

남편이 기가 막힌 표정으로 진수를 바라보았다.

"꿈을 꾸고 있군. 그것이 가능하다고 보는가? 나는 아내가 나를 떠나면 나 또한 이 세상을 떠나 아이들을 돌보지 않을 거야. 아내가 옆에 없는데 아이들이 무슨 소용이 있겠냐고."

"아이들은 현실입니다. 우리의 사랑도 현실입니다. 사랑하는 사람이 현실에서 서로 사랑할 수 있게 사회가 발전해야 합니다. 이기적인 욕심으로 상대를 붙들고 지배하는 것은 후진국적인 발상이자 일방적인 폭력입니다. 그러나 당신이 행하는 것을 내가 어찌할 수는 없겠죠. 분노로 인해 비극이 일어나지 않기만을 바랍니다. 그러나 분명한 것은, 어떠한 분노도 우리의 사랑을 막을 순 없다는 것입니다. 분노나 폭력으로 인해 우리가 다시 보지 못한다 해도, 한쪽이 매장당하거나 다치거나 미치거나 죽는 한이 있어도 우리의 사랑은 변치 않습니다. 우리의 사랑은 이제 땅에서의 물리적인 힘에 의해 좌지우지당하는 단계를 넘어 섰습니다."

남편이 한숨을 쉬며 힘없이 고개를 떨군다.

"나도 아내를 버릴 수 있었어. 나도 사랑할 수 있었어. 내 주위에는 아내보다 젊고 예쁘고 성격도 좋은 아가씨들이 많아. 그치만 난 아내를 존중하고 가정을 지켜 왔다고. 그런데 어떻게 나한테 이럴 수 있는 거지!"

"당신은 아내의 길을 존중하지 않았습니다. 아내와 같은 곳을 바라보려고 하지도 않았습니다. 당신의 아내는 당신의 부속품도 아니고 당신의 하녀도 아닙니다. 당신과 똑같이 존중받고 이해 받고 자기 길을 가야 할 독립된 인격체입니다. 당신이 아내를 사랑했다면 아내의 길을 갈 수 있도록 도와줬어야 했습니다. 아내가 당신과 맞지 않는 것 같다고 당신을 떠나려 했을 때 흔쾌히 보내 줬어야 했습니다. 아내가 당신에게 의지하려 했을 때 그 의지를 받아주고 보호해 줘야 했습니다. 그러나 당신은 당신의 잣대, 당신의 길만을 강조했습니다. 결혼한 이상 아내는 어떻게 해도 내 사람이라고 단정했기에 그녀는 홀로 길을 찾아 나에게까지 온 것입니다."

"당신들이 행복할 수 있을까? 당신들의 사랑이 영원할 수 있을까? 당신들처럼 이기적인 사람들이 사랑의 가정을 꾸밀 수 있을까? 남의 가슴에 못을 박고 행복할 수 있을까?"

"우리는 지금 행복하고 앞으로도 행복할 겁니다. 난 내 사랑이 무슨 일을 하든 또 내 곁에 있든 없든 변함없이 믿고 사랑할 것입니다. 그리고 남은 인생 동안 서로 같은 곳을 함께 바라보며 각자의 길을 걸어갈 것입니다. 그 여정에서 우리는 변함없이 사랑할 것입니다. 설령 우리가 견디기 힘든 불행을 짊어지고, 만에 하나 사랑이 깨진다고 해도 후회하지 않을 것입니다. 우리는 이미 충분한 사랑과 행복을 누렸으니까요. 그동안 우리가 누린 사랑을 추억하는 것만으로도 나머지 인생은 벅찬 기쁨이 될 것입니다. 이런 지극한 사랑과 기쁨은 현실이라는 땅 위에서 오래 머물지 못한다는 것도 잘 알고 있습니다. 그러나 우리는 최선을 다할 것입니다. 사랑의 쾌락과 환희에, 이기적인 만족에 안주하지 않고 열심히 자기 길을 가면서 깊은 사랑으로 나아간다면 영원한 사랑에 닿을 수 있으리라 믿습니다."

남편이 손가락을 들어 자기 머리에 대고 돌리며 말한다.

"미쳤군! 그 사랑은 절대 이루어지지 않아."

"죄송합니다. 우리의 사랑으로 인해 당신의 안정된 현실을 흔들리게 해서. 언젠가 우리가 보다 깊은 이해로 다시 만나게 되기를 바랍니다. 우리로 인해 더 큰 위기감을 느끼는 아이들을 좀 더 안정시키기 위해 함께 지혜를 모으게 될 날을 기다립니다."

"안타깝지만 그렇게는 안 될걸. 난 내 아내를 절대 보내지 않을 거니까. 어떤 방법을 써서라도 내 곁에서 떠나보내지 않을 테니까."

"그렇다면 억지로 저항하지는 않겠습니다. 그러나 우리의 사랑은 계속될 겁니다. 영혼이 하나 되는 사랑을 현실로 막을 순 없습니다."

남편은 더 이상 할 말이 없다는 듯 씩씩 거리며 나갔다.

그런데 그날 이후 여자가 달라지기 시작했다. 돈이라도 줘야 사랑을 믿겠다며 갑자기 돈을 요구하기 시작한 것이다. 진수가 통장에 있는 돈을 탁탁 털어주자 이것도 돈이냐면서 발끈했다. 그러더니 이번엔 귀금속을 사달라고 요구했다. 카드 밑창까지 긁어서 사주고 나니 연락이 끊겼다. 그리고 얼마 후 그녀의 남편으로부터 고소장이 날아왔다. 고소장이 날아온 날 저녁, 남편에게서 전화가 왔다. 거액의 돈을 주면 조용히 해결하겠다는 것이다. 아뿔싸, 그제야 진수는 자신이 꽃뱀 부부에게 당했다는 사실을 알아차렸다. 거부해 봤지만 여자는 어떻게든 진수를 엮으려 했다. 진수와 함께 갔던 모텔 이름과 날짜를 일일이 적어 남편에게 넘기곤 경찰 앞에서 성관계를 맺었다고 주장했다. 그리고는 기가 막혀 하는 진수를 향해 이렇게 말했다.

"남편이 달라는 대로 줬으면 될걸 무슨 말이 그렇게 많아?"

오기가 생긴 진수는 버텼다. 정신과 의사와 환자의 불륜 얘기에 한 건 잡았다 싶은 매스컴은 연일 진수와 그녀의 스캔들을 쏟아내느라 바빴지만 진수는 참고 버텼다. 진수가 계속 버티자 합의금은 점점 내려갔다. 사실 진수는 버는 족족 다 쓰는 스타일인지라 실제로 가진 것은 별로 없었다. 그들도 진수가 생각보다 뜯어낼 게 없다는 사실을 알아차린 듯했다. 합의금은 한참 내려갔고, 진수는 이 정도면 무난하다고 생각해 돈을 주고는 끝냈다. 그래도 한때 사랑한다고 착각할 정도로 마음을 담아 잘해 주었는데…….

그 후 진수는 이혼 상담에는 각별히 주의하기로 했다. 상담하다 사랑에 빠져도 이혼하려고 찾아온 여자보다는 이혼한 다음에 찾아온 여자와 해야 한다는 작은 깨달음을 얻었다고 할까.

내 사랑은
하나뿐이에요

한 남자가 영준을 찾아왔다. 자리에 앉으면서 명함을 내밀기에 보니 통증클리닉을 운영하고 있는 마취과 의사다. 그는 피로한 기색이 역력했다.

"선생님, 왕진도 하십니까?"

"물론이죠. 환자가 있으면 어디라도 가야죠."

"괜찮으시다면 오늘 저녁에 저희 집을 방문해 주셨으면 합니다."

"환자가 집에 있나 보죠?"

"오시면 말씀드리겠습니다. 사례는 충분히 하겠습니다."

그러면서 불쑥 수표 한 장을 건넨다. 거액이다.

"좋습니다. 끝나는 대로 선생님 댁으로 가겠습니다."

"네, 그럼 퇴근 시간에 맞춰 모시러 오겠습니다."

저녁 6시 반이 되자 그가 직접 차를 가지고 나타났다. 그의 차를 타고 강변을 한참 달려 동부이촌동의 한 아파트에 당도했다. 그의 아파트는 한강이 내려다보이는 6층에 자리하고 있었다. 집으로 들어서니 방 문이 모두 닫혀 있었다. 남편이 안내하는 곳으로 들어가니 한 여자가 흰 잠옷을 입은 채 침대에 반듯이 누워 있다. 이목구비는 정연하지만 피부는 죽은 사람처럼 새하얀 여인이었다. 그러나 얼굴은 매우 화사하게 빛나고 있었다. 마치 아름다운 조각상을 보는 듯했다.

"제 아내입니다."

그는 아내에게 다가가 손목을 들어 맥박을 체크했다.

"죽었습니다. 제가 마취제를 다량 투여했거든요."

"네?"

"오늘 선생님을 모신 것은 마지막으로 제 얘기를 들어주었으면 해서입니다. 누군가에게라도 이 얘기는 꼭 해야 할 것 같아서요."

"시작하시죠. 무슨 얘기라도 좋으니 얼마든지 얘기하세요."

영진은 이 기이한 상황이 흥미로웠다. 무엇 때문에 이 의사는 아내를 죽였을까? 왜 자기 인생이 송두리째 역전될 수도 있는 짓을 한 것일까? 그가 냉장고에서 와인을 꺼내 술잔을 갖고 온다.

"선생님께서 그렇게 흔쾌히 응해 주시니 용기가 나는군요. 제 인생의 마지막 순간이라 생각하고 편하게 말씀드리겠습니다."

남편과 영진은 술잔을 기울였다. 남편이 다소 젖은 목소리로 이야기를 시작했다.

"아내는 아름다운 정신질환자였습니다. 아내를 처음 만난 것은 인턴 시절 정신과를 돌 때입니다. 아내는 정신과 폐쇄병동에 입원해 있었지만 누구보다도 밝고 아름다웠습니다. 그때 아내는 사랑에 빠져 있었습니다. 아내는 유부남을 사랑했습니다. 둘은 사랑했지만 언제부턴가 남자가 아내를 부담스러워 했던 것 같습니다. 그 사실을 안 아내는 좌절에 빠져 자살을 시도했고, 그 때문에 입원한 상태였습니다."

남편이 잠시 숨을 고르며 술을 한 모금 마셨다.

"그렇게 아름다운 여인은 처음이었습니다. 특히 그 얼굴에서 발하는 빛나는 표정은. 정말이지 사랑의 힘을 느꼈습니다. 아내는 병동에서 그 유부남에게 전화를 걸곤 했습니다. '여보, 여보' 하고 전화를 하는데 목소리는 항상 달떠 있었습니다. 아마도 그 유부남이 다시 사랑을 하자고 허락한 듯했습니다. 나는 아내에게 접근하려고 했지만 아내는 다른 남자에게는 조금도 관심을 보이지 않았습니다. 그렇게 아내는 퇴원을 했고, 그녀의 아름다운 인상은 내 마음속에 깊이 남았습니다. 그러나 아내의 인생은 순탄하지 않았습니다. 퇴원한 지 얼마 되지 않아 다시 입원했으니까요. 처음에는 약물로 자살 시도를 했지만 이번에는 손목을 그은 상태였습니다. 다행히 아내는 곧 기력을 회복했습니다. 아마 그 남자가 또 다시 받아준 듯했습니다. 아내는 이내 활기를 찾았고, 여전히 그 남자에게 '여보, 여보' 하며 전화를 했습니다. 그리고는 얼마 후 다시 퇴원했습니다. 그즈음 저도 다른 과로 가게 되었습니다."

남편은 술잔을 단번에 비우고는 깊은 한숨을 내쉬더니 다시 말을 이었다

"제가 아내를 다시 본 것은 몇 년이 지나서였습니다. 학교에 펠로우로 있던 중 우연히 정신과에 있는 친구를 만나러 갔다가 아내를 다시 만났습니다. 아내의 표정은 달라져 있었습니다. 발랄했던 표정은 간 데 없고 무표정한 얼굴에 가운데 묵묵히 병동 한 구석에 앉아 있었습니다. 나는 놀라서 친구에게 물었습니다. 어떻게 된 거냐고."

영준도 술잔을 기울였다. 마치 일인극을 보는 듯했다.

"친구가 의아해 묻더군요. 아는 여자냐고. 나는 말했죠. 전에 몇 번 본 적이 있는데 표정이 지금 같지 않았다고. 무척 빛나고 아름다웠는데 너무 변했다고. 친구가 말하더군요. '그럼 사정은 대충 알겠군. 그 유부남하고 사이가 끝나서 그래. 그것도 자기 실수로 말이야.'

친구가 얘기한 내용은 이러했습니다."

아내의 이름은 강미현이었다. 미현은 우연히 TV에 나온 한 저명 인사에게 묘한 매력을 느껴 주소를 알아내 그를 찾아갔다. 뛰어난 미모의 여성이 찾아오자 그는 미현을 유혹했고, 둘은 사랑에 빠졌다. 그러나 그 남자는 아이가 셋이나 있는 유부남이었다. 미현과의 사랑이 깊어지자 남자는 부담스러워했다. 남자의 입장에선 반짝 사랑으로 끝날 줄 알았는데 미현은 진심으로 그를 사랑했던 것이다. 미현은 세컨드라도 좋으니 그의 곁에 한평생 있겠다고 했다. 남자는 그런 그녀가 부담스러워 피하기 시작했다. 그녀는 결국 자살을 시도했다. 소문이 날까 두려웠던 남자는 미현을 달랬다. 남자의 달램에 미현은 금세 활기를 되찾았고 다시 사랑에 들떴다. 그러나 남자가 원하는 것은 그녀와 헤어지는 것이었다. 미현은 두 번째 자살을 시도했고, 남자는 다시 그녀를 달래 회복시켰다. 그러던 중 남자의 집에서도 미현의 존재를 알게 됐다. 남자의 집안에서는 매우 적극적으로 그녀를 밀어냈고, 그러면 그럴수록 미현은 죽기 살기로 남자에게 매달렸다. 그러나 아무리 해도 미현에겐 힘든 싸움이었다. 불륜을 저질렀기 때문이다.

어느 날 미현은 남자의 부인 앞에서 남자에게 매달리다가 이렇게 말했다.

148

"여보, 나 3억만 줘!"

남자는 미현을 물끄러미 바라봤고, 남자의 부인은 미현에게 두 번다시 남편을 만나지 않겠다는 각서를 받고 3억 원을 줬다. 그걸로 끝이었다. 남자는 미현을 다시는 상대하지 않으려 했고, 자살을 시도해 정신병동에 입원해 있는 상태에서 연락을 해도 받지 않았다. 휴대전화 번호까지 바꿔 버렸다. 번호를 알아내 전화를 하면 금세 또 번호를 바꿨다. 그제야 미현은 3억이라는 돈의 무게를 깨달았다. 돈과 사랑을 바꾼 것이었다. 미현은 삶의 의욕을 잃었다. 그리고는 깨달았다. 자신이 너무 어리석은 짓을 했다는 것을. 마음에도 없는 짓을 했다는 것을.

미현은 아무리 해도 죽을 수 없는 자신이 원망스러웠다. 그래서 택한 곳이 정신병원이었다. 정신병원에서는 죽은 것처럼 지낼 수 있을 것 같았다. 미현은 살아 있는 동안 정신병원에서 지낼 생각이었다. 그렇게 다시 입원했고 1년을 넘어가고 있었다. 남자가 준 3억이면 10년 정도는 입원할 수 있을 것이다. 미현은 돈이 떨어지면 그땐 정말 자살하리라 마음먹었다. 그녀의 표정에선 웃음이 사라졌다. 그저 누워 있거나 먹거나 간간히 산책을 할 뿐이었다.

친구의 얘기를 들은 의사(남편)는 은근히 기뻤다. 그렇다면 그녀는 지금 혼자란 말이 아닌가. 사실 그 당시 남자는 결혼에 실패한 후였다. 미현을 닮은 여자를 만나 결혼했지만 그녀는 사랑을 모르는 여자였다. 오로지 친정 식구가 중요할 뿐 그와 함께 하려 하지 않았다. 게다가 바람까지 피웠다. 남자는 크게 실망했고, 아이가 생기기 전에 갈라서기로 마음먹고 결혼한 지 2년 만에 이혼했다. 그 후 남자는 결심했다. 사랑을 아는 여자를 만나기 전까지는 다시는 결혼하지 않겠다고. 그러나 사랑을 아는 여자를 만나기란 무척 힘들었다. 미현은 그가 지금껏 보아온 여자 가운데 사랑을 아는 유일한 여자였다. 그런 빛나는 표정은 사랑을 아는 여자만이 지을 수 있다. 그런 여자와 사랑할 수 있다면 그의 일생은 빛과 아름다움, 행복으로 가득 차리라.

남자는 친구에게 그녀를 소개해 달라고 부탁했다. 그러나 친구는 고개를 설레설레 저었다.

"그녀는 우울증 환자야. 네가 우울증이 얼마나 무서운 병인지 몰라서 그래. 앤드류 솔로몬이라는 작가는 우울증은 사랑이 가진 결함이라고 했어. 사랑하면서 행복할 수 있는 만큼 사랑이 빠져나가면 그만큼 불행해진다는 얘기야. 그녀는 네가 본 것처럼 사랑을 아는 여자는 맞아. 하지만 사랑을 아는 만큼 우울증도 깊어. 그 우울증을 감당할 수 없을 거야. 우울증은 소용돌이처럼 모든 행복을 빨아들여 버리거든."

"그녀가 나를 사랑하게 하면 되잖아."

"그게 그렇게 쉬울 것 같아? 그녀는 이미 다른 사람에게 몸과 마음을 주었는데?"

그러나 남자는 고집을 부렸고, 결국 미현을 소개받았다. 그러면서 친구는 이렇게 경고했다.

"네가 그녀를 만나는 것은 내 입장이나 그녀 입장에서는 나쁘지 않아. 우울증 환자에게는 친구나 애인이 필요하니까. 그러나 언젠가는 그녀를 감당하지 못할 날이 올 거야. 그때 가서 후회한들 소용없다는 것만 기억해. 우울증의 소용돌이에 한 번 빠진 이상 벗어나기란 쉬운 일이 아니니까."

남자는 친구의 경고를 귓등으로 흘리며 미현에게 집중했다. 매일같이 그녀를 찾았고, 열심히 편지도 썼다. 처음에는 시큰둥하던 미현도 남자의 정성에 조금씩 반응을 보이기 시작했다. 그러나 남자가 청혼을 하자 미현은 냉소를 지으며 이렇게 말했다.

"제 사랑은 하나예요. 그건 그가 내 곁에 있든 떠났든 마찬가지예요. 저와 결혼한다면 제 껍데기랑 사는 셈이 될 거예요."

그러나 남자는 좌절하지 않고 끈질기게 청혼했고, 마침내 미현의 승낙을 받아냈다. 미현은 청혼을 받아들이며 이렇게 말했다.

"당신을 사랑하려고 노력은 해 보겠어요. 그러나 안 되면 더 이상 기대하지 말고 제가 원하는 대로 해 주세요. 제가 당신을 선택한 것은 당신이 마취과 의사이기 때문이에요."

남자는 그 말이 무슨 의미인지 몰랐다. 그러나 그땐 중요치 않았다. 미현과 사랑할 수 있다는 것이 중요했다. 그렇게 결혼 생활이 시작됐다.

결혼식장에서 미현의 모습은 너무도 아름답고 화사했다. 과거 정신병동에서 본 빛과 아름다움을 회복한 것 같았다. 그러나 그 화사함이 그녀의 옛사랑이 결혼식장을 찾아 주었기 때문이라는 사실은 뒤늦게 알았다. 옛사랑도 미현의 진실된 사랑을 잊지 못했는지 결혼식에 참석해 거액의 부조금을 내고 갔다. 그러나 미현의 화사함은 오래 가지 않았다. 미현도 노력하는 듯했으나 그녀의 큰 사랑이 오히려 그녀를 깊은 우울로 몰고 가는 것 같았다. 남자는 미현의 웃음과 달뜬 사랑을 보고 싶었으나 그녀는 우울과 무표정으로 남자를 대할 뿐이었다. 그렇게 하루하루를 보내면서 남자도 슬슬 지쳐갔다. 아무리 노력해도 반응 없는 세월은 남자에게도 힘들었다. 남자의 귀가 시간은 점점 늦어졌다. 집에 가면 자기도 모르게 기분이 가라앉았다.

그러자 미현은 이혼을 요구했다. 아무리 노력해도 남자를 사랑할 수 없으니 정신병원에서 편안하게 지낼 수 있도록 놓아달라고 했다. 그러나 남자는 동의할 수 없었다. 어떻게 잡은 사랑인데 쉽게 놓아버린단 말인가. 남자는 미현을 붙들고 애원했다. 자기를 좀 사랑해 달라고. 당신의 사랑은 최고라고. 그 최고의 사랑을 받고 싶다고. 그러나 미현은 쓸쓸한 웃음을 던질 뿐이었다.

어느 날, 남자가 밤늦게 귀가했는데 미현이 보이지 않았다. 찾아보니 손목을 그은 채 욕조에 누워 있었다. 그 순간 남자는 그토록 보고 싶었던 미현의 표정을 발견했다. 피를 흘리며 죽은 듯이 잠들어 있는 그녀의 얼굴은 무척이나 화사했다. 다행히 바로 응급처치를 해 미현을 살릴 수 있었다. 의식을 회복한 미현이 남자에게 말했다.

"내가 전에 말했죠? 당신을 사랑하도록 노력은 해 보겠지만 안 되면 더 이상 기대하지 말고 내가 원하는 대로 해달라고요. 이제 제가 원하는 것을 말하겠어요. 당신이 청혼할 때도 말했지만 제가 당신을 선택한 것은 당신이 마취과 의사이기 때문이에요. 생명이란 게 얼마나 질긴지 아무리 끊으려고 해도 끊을 수가 없네요. 그러나 당신은 마취과 의사이니 제 목숨을 쉽게 끊을 수 있을 거예요. 저를 죽여주세요."

기가 막혔다. 어렵게 맺은 사랑의 끝이 죽음이란 말인가? 그러나 고개를 끄덕이며 물었다.

"좋아, 내가 당신을 죽여주지. 하지만 물어볼 게 하나 있어. 당신은 이번에 자살 시도를 하면서 화사한 표정을 지었어. 무엇 때문이지?"

"제가 죽고 싶은 것은 다음 생에 그이를 만나기 위해서예요. 내가 빨리 죽으면 죽을수록 그이를 빨리 만날 수 있을 테니까요."

"그 사람은 지금 잘 살고 있잖아. 당신이 죽어서 어떻게 빨리 만난 단 말이지?"

"잠자는 시간은 길어도 그 긴 시간을 길게 느끼는 사람은 아무도 없어요. 제가 죽고 나면 긴 시간도 순간으로 느껴질 거예요. 저는 다음 생에 미리 가서 그이를 기다리고 있을 거예요. 저는 다음 생에서 그이를 발견할 자신이 있어요. 제 사랑은 삶을 초월하니까요."

"당신에겐 죽음이 희망이로군. 그렇다면 당신에게 그토록 애정을 쏟은 나는 대체 뭐지?"

"당신도 좋은 남자예요. 다음 생에 만나면 좋은 친구가 되기로 해요. 그러나 거기까지예요. 사랑은 하나예요. 아무리 노력해도 두 사람을 사랑할 수는 없어요."

"도대체 그 남자가 어디가 그렇게 좋은 거지? 그런 무책임한 바람둥이가."

그 말에 미현이 싱긋 미소를 지으며 대답했다.

"사랑에는 좋고 싫음이 없어요. 사랑은 선택이에요. 저는 그이를 내 사랑으로 선택했어요."

남자는 여기까지 말한 뒤 술잔을 연거푸 기울였다.

"그때 저는 극도의 질투와 분노를 느꼈습니다. 그 분노는 그녀를 향한 것도 아니고, 그녀가 사랑하는 남자에 대한 것도 아니었습니다. 제 자신에 대한 분노였습니다. 오직 사랑 하나만 보고 살아왔는데 그마저 박탈당하는 내 인생이 처량했어요. 그래서 저는 그녀를 죽이기로 했습니다. 결혼할 때의 약속이었으니까요. 어젯밤 저는 그녀에게 다량의 마취제를 주사했고, 그녀는 환희 속에 죽어갔습니다. 동시에 제 인생도 끝이 났습니다. 저도 사랑 없는 이 세상에 더 이상 살고 싶지 않습니다."

남자가 고개를 떨구었다.

"제가 시신을 좀 살펴봐도 되겠습니까?"

남자가 자포자기한 듯 고개를 끄덕였다. 영진은 건넌방으로 가서 시신을 살폈다. 남자의 말대로 여자는 환희 속에 죽어 있었다. 시신을 살피던 영진은 베개 밑에 무언가 있는 것을 발견했다. 편지였다.

"그럼 그렇지."

미현이 남긴 유서였다. 유서에는 이렇게 적혀 있었다.

"종혁 씨, 미안해요. 저에게 사랑을 기대하며 그렇게 헌신했는데 보답하지 못해서. 제가 드릴 수 있는 것이라곤 우정밖에 없네요. 저는 사랑은 이 세상에서 가장 소중한 것이라 생각해요. 그리고 그 사랑은 생을 초월해서도 지속된다고 생각하고요. 종혁 씨가 저에게 헌신을 다했지만 제 사랑은 민우 씨 한 명뿐이에요. 그와의 사랑이 불가능하다고 해도요. 삶이야 죽음을 통과해 넘으면 그만이지만 삶을 초월해 존재하는 사랑만큼은 포기할 수 없네요. 그래도 종혁 씨는 이 세상에서 저의 사랑을 인정해 준 유일한 사람이었어요. 다른 사람들은 모두 절 보고 미쳤다고 했지요. 그동안의 호의 정말 고마워요. 이렇게 훌쩍 떠나게 되어 미안하지만 제 사랑을 이해해 주세요. 종혁 씨가 평소에 주사하는 모습을 옆에서 유심히 관찰해 왔어요. 그래서 종혁 씨 몰래 다량의 마취제를 모아 놓았다가 스스로 주사했어요. 이번에는 성공적으로 죽을 수 있겠죠. 저와의 사랑은 다음 생에서도 불가능하니 빨리 저를 잊고 좋은 사람 만나길 바랄게요. 그럼 안녕."

영진이 종혁에게 유서를 건네자 종혁은 하염없이 울었다. 영진은 그녀를 위해서라도 자수를 하는 것 같은 쓸데없는 짓은 하지 말라고 당부한 뒤 남자의 집에서 나왔다.

어쩌면 종혁도 미현의 뒤를 따를지 모른다. 하지만 사랑은 욕심낼 수 있는 게 아니다. 운 좋게 주어지면 감사히 받을 수 있을 뿐이다.

총 맞은 것처럼

총 맞은 것처럼 정신이 너무 없어

공주 대접을 받으며 자란 한 여자가 사랑에 빠졌다. 남자는 여자를 공주 모시듯 극진히 대했다. 그런데 여자는 아무것도 아닌 일에도 쉽게 화를 낸다. 남자는 그런 여자를 이해할 수 없다.

"대체 왜 그러는 건데?"

그러나 여자는 대답이 없다. 이런 성격을 감당할 수 없어 떠나려고 하면 여자는 죽기 살기로 매달린다.

"날 버리지 마! 날 버리면 죽어."

연민이 느껴져 마음을 돌리지만 여자는 바뀌지 않는다. 남자로선 여자의 이해할 수 없는 발작을 이젠 더 이상 감당할 수 없다. 그래서 떠나면 여자는 패닉 상태에 빠진다.

웃음만 나와서 그냥 웃었어, 그냥 웃었어, 그냥.

공무원 시험 준비를 하는 한 남자가 있었다. 그에게는 사랑하는 여자가 있었는데, 그녀는 헌신적으로 남자를 뒷바라지했다. 여자의 뒷바라지 끝에 남자는 시험에 합격했다. 그 후 남자는 다른 여자를 찾았다. 조건이 좋아졌으니 보다 나은 여자를 만날 수 있으리라 기대한 것이다. 그 모습을 보고 그녀는 웃기만 했다. 얼마 후 그녀는 다른 남자를 만나 결혼을 했다. 남자는 후회했지만 돌이킬 수 없었다. 그녀의 웃음은 아마도 큰 충격을 감당하지 못해서 터져 나온 것이었으리라. 그만큼 상처를 준 남자를 다시는 보고 싶지 않아 지은 마지막 웃음이었으리라.

허탈하게 웃으며 하나만 묻자 했어. 우린 왜 헤어져. 어떻게 헤어져. 어떻게

어떤 여자가 하소연하듯 말했다. 요즘엔 길거리에서 쫓아오는 남자가 없다고.

요즘 사랑은 순수함만으로 이루어지지 않는다. 일단은 조건이 맞아야 한다. 그래서 사귀는 전 단계에서부터 집안 좋고 경제적으로 넉넉하다는 거짓말을 하고 들어간다. 거짓은 거짓을 낳고 진실은 진실을 낳는다. 상대에게"우린 왜 헤어져. 어떻게 헤어져."라고 묻기 전에 스스로를 돌아볼 필요가 있다. 혹시 상대에게 신뢰를 주지 못한 것은 아닌지. 하지만 신뢰를 주었음에도 불구하고 상대가 당신을 떠났다면 그는 아마 평생 당신을 잊지 못할 것이다. 그러나 신뢰를 주지 못했다면 상대가 당신을 떠나는 것은 당연하다. 상대가 당신을 아무리 사랑하고 존중한다고 해도 거짓까지 사랑할 의무는 없기 때문이다.

구멍 난 가슴에 우리 추억이 흘러 넘쳐. 참아 보려 해도 가슴을 막아도 손가락 사이로 빠져나가.

"있을 때 잘하라"는 말은 동서고금의 진리다. 정신과 환자들은 대개 두 부류로 나뉜다. 감사할 줄 아는 부류와 감사할 줄 모르는 부류. 감사할 줄 아는 부류는 회복으로 가지만 감사할 줄 모르는 부류는 파멸로 간다. 상대가 잘해 주면 감사하는 게 아니라 더 난리를 부리고, 자기 요구대로 해 주지 않으면 요구하는 이상으로 손해를 끼치는 사람들이 있다. 그들은 정당한 노력을 하고 그에 상응하는 대가를 바라는 것이 아니라 상대의 것을 다 차지하려고 한다. 그렇게 의존하는 사람들이 주장하는 게 있는데, 바로 사랑한다는 것이다. 그런 부류는 자기는 조그만 것을 베풀어 놓고는 상대의 모든 것을 가지려 한다. 그건 사랑이 아니라 사냥이다. 진정한 사랑을 하면 상대는 나에게서 벗어날 수 없다. 어디를 가도 그런 사랑을 발견할 수 없기 때문이다. 그러나 사냥을 하면 상대는 무조건 도망친다. 통으로 먹히고 싶지 않기 때문이다. 사냥감이 도망가고 난 뒤에는 추억만 남는다. 그때 좀 더 잘 잡아둘 걸 하는.

심장이 멈춰도 이렇게 아플 것 같진 않아. 어떻게 좀 해 줘. 날 좀 치료해 줘. 이러다 내 가슴 다 망가져. 구멍난 가슴이.

"도대체 왜 이러는 거야, 하지 마!"

누군가가 어떤 여자에게 반복해서 했던 말이다. 그녀는 그를 사랑한다고 말하면서도 끊임없이 폭력을 행사했다. 남자의 직장을 찾아가 행패를 부리기도 했다. 무서워 도망치면 그녀는 자살을 시도한다. 살아나서 다시 관계가 좋아지면 이렇게 말한다.

"나는 당신이 그렇게 겁쟁이인 줄 몰랐어."

폭력은 단 한 번으로도 사람을 죽일 수 있다. 그 폭력이 두려워 피했는데 겁쟁이라니. 그래, 겁쟁이 맞다. 그러면 겁쟁이한테는 폭력을 쓰지 말아야지.

그러나 폭력에는 탄력이 붙는다. 한 번 폭력을 쓴 사람은 폭력의 맛을 잊지 못한다. 폭력을 쓰면 다들 눈치 보고 슬슬 피하니까. 그래서 폭력에 중독된다. 가해자는 피해자의 고통을 모른다. 피해자만이 그 공포를 안다. 그래서 살기 위해 도망치면 그녀는 다시 아파서 몸 부림친다.

어떻게 좀 해 줘. 날 좀 치료해 줘. 이러다 내 가슴 다 망가져.

뭘 어쩌란 말인가. 온갖 폭력을 당하면서도 무조건 참고 견디란 말인가. 당신이 아픈 건 이해된다. 그만큼 나에게 의지했으니까. 하지만, 나도 살아야 하지 않겠는가. 당신에게는 발작이 어린애 같은 투정일지 모르지만 당하는 나로선 무서운 폭력일 뿐이다.

어느새 눈물이 나도 모르게 흘러. 이러기 싫은데 정말 싫은데 정말 싫은데 정말. 일어서는 널 따라 무작정 쫓아갔어. 도망치듯 걷는 너의 뒤에서 너의 뒤에서 너의 뒤에서 소리쳤어.

말이 좋아 사랑이지 의존만 하고 살 수밖에 없는 자신이 정말 싫었을 것이다. 소리치고 쫓아가고 붙잡고 매달려 가며 내 마음을 헤아려 달라고 외치고 싶지만 자존심이 용납하지 않는다. 와서 안아주고 달래고 얼러 달라고 하고 싶지만 차마 그렇게 말할 수는 없다. 그저 도망가는 사람 뒤를 무작정 쫓아가고 소리칠 뿐이다. 내 아픔을 좀 헤아려 달라고. 그러나 남자는 도망치듯 걸어간다. 얼마나 무섭고 지겨웠으면.

총 맞은 것처럼 정말 가슴이 너무 아파. 이렇게 아픈데 이렇게 아픈데 살아 있다는 게 이상해. 어떻게 너를 잊어 내가. 그런 거 나는 몰라 몰라. 가슴이 뻥 뚫려 채울 수 없어서 죽을 만큼 아프기만 해. 총 맞은 것처럼

백지영이 부른 애절한 발라드 곡 〈총 맞은 것처럼〉을 들으면 난 스토커가 떠오른다. 그들은 자존심은 세지만, 버려지는 것은 견디지 못한다. 그러다 사랑에 빠지면 폭력과 통곡으로 하루하루를 보내다 스스로 끝장을 본다.

스토커는 헤어짐을 받아들이지 못한다. 왜 그럴까? 사회성이 결여되어 있기 때문이다. 먹고 사는 문제가 어느 정도 해결되다 보니 굳이 사람들과 힘들게 어울리기보다 자기만의 동굴에서 안주하려 한다. 그러다 혼자 있는 시간이 길어지면 길어질수록 삶은 힘들고 외로워진다. 이때 자기를 받아주는 사람을 만나면 죽기 살기로 매달린다. 처음엔 아이 같은 해맑은 미소로, 그러나 곧 괴물 같은 폭력으로.

폭력은 의존성의 좌절에서 나온다. 의존이 깊어지다 보니 폭력도 심해지는 것이다.

사랑할 때는 상대가 스토커 기질이 있는지 유심히 살펴야 한다. 헤어지자고 했을 때 두 말 없이 곱게 헤어져 주는 여자가 좋은 여자다. 그런 여자는 뒤돌아 설 때 꽉 잡아야 한다.

162

사랑을 완성하는
마지막 1%

한 여자가 목을 매 자살을 시도했다. 그녀는 어릴 때 부모님이 이혼을 해 할머니 손에 일곱 살까지 자랐다. 할머니가 돌아가신 뒤 아빠와 둘이 남겨졌는데 직장 생활로 바쁜 아빠가 출근하고 나면 아이는 늘 혼자였다. 아빠가 정해 놓은 중국집에서 밥을 먹고 집에 돌아오는 날이 대부분이었다. 그렇게 집에 오면 고요와 침묵을 견뎌야 했다. 그 고요와 침묵은 그녀를 더욱 춥고 외롭게 했다. 그 후 그녀는 버려지는 것에 대한 두려움과 사랑에의 집착, 만성적 공허감, 허무함, 충동적인 행동, 그리고 자해와 자살 기도 등으로 특징지어지는 경계선 인격장애 증상을 보였다. 그녀를 구할 수 있는 유일한 길은 사랑이었으나 그 어디서도 원하는 사랑을 발견할 수 없었다. 자기를 낳아준 부모에게 버림받은 이상 그녀는 그 이상의 완벽한 사랑이 아니면 사랑을 믿지 않았고, 당연히 어느 누구도 그녀를 만족시키지 못했다. 그렇다 보니 삶은 공허하고 무의미했다.

위의 사례에 나온 경계선 성향은 현대인의 사랑을 특징짓는다. 이혼과 별거는 자식들에게 깊은 상처를 준다. 더 큰 문제는 이렇게 상처받은 아이가 자라 자신이 받은 상처를 곳곳에 흩뿌린다는 것이다. 자신이 상처받았기에 상대방을 불신하고 작은 실수도 용납하지 못해 상대에게 깊은 상처를 남긴다. 또 젊은 시절에 보다 좋은 배우자를 구하려 하거나 쾌락에 탐닉하는 성향은 무수한 배반을 낳고, 이 또한 상대에게 깊은 상처를 안긴다. 요즘 사랑은 믿을 만한 상대, 사랑할 수 있는 상대를 만나기가 점점 힘들고 상처만 난무하는 경계선의 시대로 빠져들고 있다.

우마 서먼과 메릴 스트립이 주연한 2005년 개봉작 〈프라임 러브〉는 표면적으로는 연상 연하의 사랑을 다룬 유쾌한 코미디 영화로 보이지만 그 이면에는 사랑의 아픔과 안타까움을 깔고 있다. 특히 자신에게 상처를 준 여자를 찾아가 얼굴에 상습적으로 케이크를 덮어

씌우는 모리스(존 아브라함스)의 행동은 코믹하면서도 상처에서 벗어나려는 절박함이 느껴진다.

9년간의 결혼 생활을 끝으로 이혼한 라피(우마 서먼)는 지치고 힘든 마음을 위로받기 위해 상담사 리사(메릴 스트립)를 찾아간다. 진실 되지 못한 남편에게 상처를 받을 대로 받은 그녀는 상처를 치유하고 인간에 대한 믿음과 사랑을 회복하고 싶어 한다. 리사는 상담사인 동시에 라피가 유일하게 믿고 속내를 털어놓을 수 있는 엄마 같은 존재다. 리사는 라피에게 자신감을 갖고 다시 사랑을 시작하라고 권한다. 그러던 중 라피는 안정된 가정에서 자란 순수한 청년 데이브(브라이언 그린버그)를 만나 사랑에 빠지게 된다. 라파는 열네 살이라는 나이 차이 때문에 고민하지만 리사는 라피를 적극적으로 응원하고, 둘의 사랑은 점점 깊어진다. 그런데, 그런 라피의 사랑을 흔들어버리는 사건이 일어난다. 바로 데이브가 리사의 아들임이 드러난 것이다. 리사는 상담사로서 자신의 직분(내담자에게 믿을 만한 존재로 남아 있는 것)을 내칠 수도 없고, 어머니로서 아들의 장래도 외면할 수 없어 골머리를 썩다가 상담을 받으러 선배 분석가를 찾아간다. 믿었던 리사가 흔들리면서 라피의 사랑도 흔들리고, 그동안 잊고 있던 과거의 상처도 다시 살아난다. 라피는 데이브에게 완벽한 사랑의 기준을 적용하고 마음을 확인한 뒤 이별을 선택한다. 아마도 리사가 일관되게 둘의 사랑을 격려했다면 라피의 사랑은 성공했을 것이다.

현대는 워낙 사랑으로 인한 상처가 많은 세상인지라 사랑을 할 때도 좀 더 완성도를 높이기 위해 노력해야 한다. 특히 상처 많은 사람을 상대할 때는 각별히 주의해야 한다. 사랑과 신뢰에 빈틈이 있어서는 안 된다. 여자는 에로스에 익숙하고 남자는 로고스에 익숙하기 때문에 상대의 스타일에 바로 익숙해질 수는 없겠지만 헤아리는 노력을 게을리 해서는 안 된다.

우여곡절 끝에 다시 사랑하게 된 라피와 데이브.

데이브는 라피가 그토록 원하던 아기를 갖게 해 주겠다며 콘돔을 끼지 않은 채 라피 몸에 들어간다. 그러나 라피는 "마음만 받겠다, 이러면 당신은 나중에 후회할 것이다"라며 사정을 거부한다. 라피의 말에 데이브도 강하게 부정하지 않는다. 절대 후회하지 않을 것이고 당신만 사랑한다는 식의 표현은 않고 무덤덤하게 라피의 말을 받아들인다. 이때 라피는 마음속으로 결심한 것 같다. 우리의 사랑이 절정인 이 순간, 나를 배려하는 상대의 마음이 가득한 지금 상태에서 멈추겠다고. 결국 라피와 데이브는 이별을 하고, 데이브는 라피의 배려로 미술가로서의 길을 가게 된다. 외국으로 떠나기 직전 추운 겨울 날, 데이브는 라피가 다른 남자들과 카페에 앉아 있는 모습을 보게 된다. 자신을 바라보고 있는 데이브를 발견한 라피가 살며시 미소를 지으며 영화는 끝난다.

166

이 마지막 장면은 내 가슴을 무척이나 저리게 했다. 마치 〈쉘부르의 우산The Umbrellas Of Cherbourg〉의 마지막 장면을 보는 듯했다. 그런데 곰곰이 생각해 보면 라피의 사랑은 아직 끝나지 않았다. 비록 지금은 다른 남자와 함께 앉아 있지만 자신의 가슴을 가득 채워준 데이브를 어찌 잊을 수 있겠는가. 그래서인지 카페에 앉아 있는 라피의 모습은 무척이나 외로워 보였다. 그녀는 어쩌면 보다 완벽한 사랑을 위해 현실의 사랑을 유보한 것일지도 모른다. 아마도 라피는 데이브가 마음을 넘어 현실에서도 100% 사랑할 그날을 기다릴 것 같다. 데이브가 젊었던 시절의 오만을 깨닫고 현실보다 큰 사랑의 무게를 실감하고 돌아올 그날을 말이다.

그래서 이 영화는 안타깝다기보다는 여운이 남는다. 10년을 기다리고 영원히 사랑한 〈첨밀밀〉이나 〈폴링 인 러브〉, 〈하얀 궁전〉처럼 그들은 언젠가는 다시 만나 마지막 1%를 채울 것이다.

은밀한 유혹

중학교 때 우연히 본 영화 〈사운드
오브 뮤직The Sound of Music〉은 나에게 엄청난 감동을 가져다주었다.
조금 과장해 몇 년 간 그 감동을 잊은 날이 없을 정도다. 그 후 그런
감동을 느낄 기회가 많지 않았는데, 〈은밀한 유혹〉을 보는 순간 그
감동이 다시 살아나는 걸 느꼈다.

로버트 레드포드와 데미 무어가 주연한 〈은밀한 유혹〉은 부인을
하룻밤 빌려주는 대가로 억만장자가 백만 달러를 지불한다는 내용
으로 화제가 된 영화다. 사실 개봉 당시에는 줄거리가 빤하다 생각
해 보지 않았다가 뒤늦게야 보고 충격에 휩싸였다. 이 영화에는 자

본주의를 극복하려는 이념이 담겨 있기 때문이다. 이듬해 나온 〈퀴즈쇼〉에서도 같은 느낌을 받았는데, 알고 보니 그 영화 또한 로버트 레드포드가 제작한 작품이었다. 아이러니컬하게도 영화 산업의 황금 시장인 할리우드 최고의 인기배우가 일관되게 자본주의에 대한 극복을 작품으로 보여주고 있는 것이다. 한 미래학자는 앞으로 자본주의가 멸망하고 그 후 인간은 전혀 새로운 차원의 빛나는 삶을 살 것이라 예언했다. 그 삶은 어떤 양상일까? 이 영화가 그 답을 보여주고 있다. 빛나는 삶이란 돈에 현혹되지 않고 자신의 일상을 소중히 하면서 드높은 가치를 추구하는 것임을.

언젠가 한 시장 골목에서 본 만두가게 주인 부부를 보며 부럽다는 생각이 든 적이 있다. 그들은 반지하 방에 조그만 가게를 차려 놓고 만두, 찐빵, 떡볶이, 라면 등을 팔고 있었는데 열심히 만두를 빚는 남편의 모습과 아이를 업고 일하는 아내의 모습이 무척이나 아름다워 보였다. 그들은 세상에 대한 집착도, 욕심도 없는 자연스러운 모습으로 하루하루를 살고 있었다. 그러나 자본주의가 내뿜은 돈의 드높은 가치는 이런 사소한 행복을 누릴 수 없게 만든다. 사람들은 지금 이유도 모르면서 돈에 매달리고 있다. 죽음에 이르러서도 한두 푼에 집착해 부들부들 떨다가 죽게 만드는 것이 자본주의의 위력이다. 이 영화는 그 어리석음을, 돈의 가치에 대한 진정한 평가를 보여주고 있다. 돈은 어느 정도까지는 사람의 가치를 높여주지만 어느 수준에 도달하게 되면 그 가치가 평평해진다. 한 마디로 돈이 인간에게 줄 수 있는 행복은 아주 작다.

언젠가 사이코드라마를 하다가 환자로부터 인상적인 말을 들었다. 첫 느낌은 신의 느낌이고, 두 번째 느낌은 악마의 느낌이라는 것이다. 상당히 인상적이어서 마치 화두처럼 이 말을 곱씹다 이런 결론을 내렸다. '사람은 상황마다 자기 속에서 우러나오는 느낌을 맞는다. 그 느낌 속에는 상황을 헤쳐갈 수 있는 정확한 판단력이 숨겨져 있다. 그 첫 느낌은 바로 우리의 무의식 깊숙한 곳에 자리하고 있는 마음속의 신이 올려 보낸 것이기 때문이다. 그러나 그 느낌을 무시하고 머리를 굴려 두 번째 느낌을 만들면 인간은 신의 품을 떠나 악마의 시험에 걸려들고 만다.'

이 말이 지독히도 잘 맞아떨어지는 영화가 바로 〈은밀한 유혹〉이다. 다이애나(데미 무어)와 데이빗(오디 하렐슨)은 데이빗의 꿈인 이상적인 집을 마련하기 위해 투자를 하지만 빚더미에 올라앉고 만다. 결국 그들은 도박에 미래를 걸게 되는데, 도박장에서 존 게이지(로버트 레드포드)를 만나게 된다. 존 게이지는 도박에 패해 절망에 빠진 그들에게 다이애나를 하룻밤 빌려주는 대가로 백만 달러를 주겠다고 제안한다. 그러나 부부는 단번에 제안을 거절한다. "지옥에나 가라고!" 그것이 그들의 첫 느낌이었다. 그 느낌을 계속 따랐다면 그들은 악마의 시험에 걸려들지 않았을 것이다.

그날 밤 부부는 잠 못 이루면서 뒤척이다 결국 두 번째 느낌을 만들어 낸다. 바로 우리는 결혼 전에 다른 이성과 잔 적도 있는데 그 것을 까마득히 잊지 않았느냐는 것이다. 그 느낌은 악마의 유혹이 되어 둘의 사랑을 파탄으로 몰아간다. 데이빗은 다이애나를 의심하고 스스로 열등감에 휩싸여 결국 둘은 별거를 하게 된다. 아이러니하게도 존 게이지는 자신이 다이애나를 진실로 사랑하고 있음을 고백하고, 결국 다이애나의 마음을 얻는 데 성공한다. 데이빗은 실연의 고통 속에서 빛을 발견하는데, 바로 그의 전공이자 꿈이었던 건축이었다. 데이빗은 새로운 길인 건축에서 자신의 가치를 이렇게 확인한다.

"위대한 건축은 열정으로 이루어지는 겁니다. 그리고 그것만으로도 다 되는 것은 아닙니다. 인간은 돈에 굴복하지 않아요. 왜냐하면 위대한 건 돈으로는 가질 수 없는 거죠. 우리가 우리의 일을 위해서 땀을 흘리고 성취해 내면 우리의 영혼은 저 높은 곳으로 올라갈 수 있다고들 합니다. 루이 칸이 말하길 벽돌 한 장도 뭔가 되고 싶어 한다고 했죠. 한 장의 이 벽돌이 뭔가 되고 싶어 합니다. 열망하죠. 평범한 벽돌 한 장도 그보다 나은 뭔가가 되기를 바랍니다. 지금보다 더 나은 무엇으로 되어보고 싶어 하죠. 그것이 바로 우리가 느껴야 할 부분입니다."

결국 데이빗은 열정을 다해 인생길을 가면 누구 못지않게 행복한 삶을 살 수 있다는 것을 확신하고 다이애나에게 성숙한 사랑의 표현을 한다. 그녀가 자유롭고 싶다며 요구한 이혼에 순순히 사인을 하면서 이렇게 말한다.

"처음 우리의 잘못은 우리가 한 일을 잊을 수 있다는 거였어. 우리의 사랑은 무적이라고 믿었지. 하지만 이젠 알아. 사랑하는 두 사람이 함께 사는 것은 서로의 잘못을 잊어버리기 때문이 아니라 용서하기 때문이지. 난, 난 다이앤이 떠나는 게 겁이 났어. 아니, 그렇게 하는 게 옳은 판단이라는 생각이 괴로웠어. 그가 훨씬 좋은 남자라고 생각했거든. 하지만 이젠 아니야. 그는 그저 돈이 더 많은 사람일 뿐이지."

그렇다. 소중한 것은 돈에 얽매인 가치가 아니라 스스로 자존심을 드높이는 것임을 이 영화는 일깨우고 있다.

172

아내와의
고민입니다

case 1

문 : 결혼 전, 아내와 저는 매우 금실이 좋았어요. 겉으로도 그렇지만 속궁합도 무척 잘 맞았습니다. 결혼을 약속하면서 저희는 부부 생활에 대한 이야기를 나누었지요. 적어도 일주일에 3번 이상은 관계를 맺자고 약속했어요. 그로부터 5년이 지난 지금 우리에겐 세 살배기 딸아이가 있고, 아내는 집에서 아이를 키우고 가사를 돌보는 전업주부가 되었습니다. 그런데 문제가 생겼어요. 저는 바쁜 회사 일과 스트레스로 인해 결혼 전 약속을 지키기가 점점 버거워져 가고, 제 아내는 제가 약속을 이행해야만 사랑이 변하지

않았다고 생각한다는 것입니다. 결국 이런 상황은 극에 달았고, 아내는 별거 선언을 했습니다. 선생님, 제가 어떻게 해야 할까요?

답 : 님의 아내는 에너지가 매우 넘치는 여성인가 봅니다. 아내에게 말하세요. 그렇다면 나도 충분히 휴식을 하고 에너지를 충전하겠다고요. 직장 생활도 안 하고 집에서 지내면서 당신이 원하는 것을 다 들어주겠다고요. 그래도 별거를 원하면 직장에 사표를 내겠다고 하세요.

case 2

문 : 제 아내는 주위 사람들이 한 번씩은 칭찬할 정도로 꽤 예쁘게 생겼습니다. 옆에 있는 남자의 어깨를 으쓱하게 해 주는 외모를 가졌죠. 그런데 결혼을 하고 함께 살다 보니 아내가 좀처럼 씻지 않습니다. 외출할 때만 씻습니다. 평소에는 괜찮은데, 섹스를 할 때는 정말 기분이 나질 않아요. 이런 문제로 티격태격하다 보니 아내는 자존심이 많이 상했다며 이혼을 요구하더군요. 자기의 이런 모습도 사랑해 줄 수 없다면 함께 살 이유가 없다고. 저도 성질이 나서 좋다고 말해 버렸습니다. 저는 이대로 아내와 이혼해야 하는 걸까요?

답 : 아뇨, 님도 씻지 말고 해 보세요. 사실 섹스는 순간이 중요하기 때문에 씻고 준비하는 과정에서 김이 빠지기도 합니다. 영화를

봐도 씻지 않고 순식간에 하는 경우가 많잖아요. 운동을 하거나 조깅을 하고 들어와 땀을 흘리면서도 황홀하게 하잖아요. 님도 씻지 말고 순간적으로 다가가 보세요. 그런 섹스가 오히려 정말 맛있거든요.

case 3

문 : 군대에 있을 때 아내를 만났습니다. 저는 아내에게 한눈에 반했고, 불같은 사랑을 한 끝에 휴가 중 첫 관계를 맺게 되었어요. 그리고 복귀를 했는데, 제 몸이 이상한 거에요. 의무실에 가봤더니 성병에 걸렸다고 하더군요. 그때 받은 충격이 엄청나지만 그 당시엔 사랑이 앞선지라 그냥 넘어갔어요. 그렇게 복무를 마쳤고, 2년 뒤 그녀와 결혼을 하게 되었죠. 그런데 결혼한 뒤로 계속 그때 일이 생각나는 겁니다. 결국 전 아내에게 차갑게 굴었고, 싸움은 잦아졌죠. 그러다 보니 관계는 멀어지고, 결혼한 지 이제 겨우 6개월인데 저희는 벌써 섹스리스 부부가 되었어요. 아내는 이혼을 생각하고 있다며 얼마 전엔 이혼 서류를 내밀고는 짐을 싸서 나갔습니다. 그녀의 과거를 포용할 수 없었는데 결혼한 것이 잘못이겠죠?

답 : 진화에서 도태되고 싶지 않다면 그녀를 포용하세요. 과거엔 여자의 과거를 용서하지 않은 남자의 유전자가 살아남았지만 앞

으로는 여자의 과거를 용서한 남자들의 유전자가 살아남을 거예요. 과거에 연애 한번 해 보지 않은 여자가 어디 있겠냐면서 담담하게 소화하세요. 자꾸 생각이 나겠지만 님의 영원한 생명을 위해서, 그리고 안정된 삶을 위해서라도 극복해야 합니다. 선진국에서는 이미 그런 단계를 뛰어 넘었습니다. 아마도 님이 선진국에 산다면 부인은커녕 여자 그림자도 가까이 못했을 거예요.

여자 친구와의
고민입니다

문 : 안녕하세요. 여자 친구에 관한 일입니다. 오래 사귀지는 않았지만 깊은 관계입니다. 서로 무척 좋아하는 것은 확실합니다. 그런데 그녀에겐 이성 친구가 많습니다. 그중 5년 이상을 알고 지낸 친구가 3명입니다. 가끔 단 둘이 만나 밥도 먹고, 영화도 보고, 술도 마십니다. 그녀는 이런 일이 '친구'이기에 당연하다고 생각합니다. 그녀의 머릿속엔 남자와 여자라는 경계 없이 오직 '친구'라는 개념만이 존재합니다.

하지만 제 생각은 다릅니다. 저는 친구일 수는 있어도 그 친구가 '남자'인 경우엔 다를 수 있다고 생각합니다. 그래서 그녀가 이성 친구와 단 둘이 만나 노는 것을 좋아하지 않습니다. 단 둘이서는 만나지 않았으면 하는 것이 저의 바람입니다. 단, 여럿이 함께 만나는 것은 전혀 개의치 않습니다. 참고로 그녀는 결혼 후에도 그런 이성 친구와 단둘이 만나는 것을 당연하다고 여깁니다. 저는 물론 그러면 안 된다고 생각하죠.

제가 생각하는 그녀와 저의 문제는 남성과 여성이라는 성구별에서의 차이에서 온다고 생각합니다. 저는 '이성'은 언제든 연인이 될 수 있는 가능성이 있기 때문에 사귀는 사람이 있는 경우에는 가능하면 '단 둘이 만나지 않는 것이 올바르다'고 생각하고, 그녀는 '이성'이라는 개념과 무관하게 '친구면 언제든 단 둘이 만나도 상관없다'는 생각입니다. 저는 그녀의 생각이 너무나 '순수(?)'하므로 그녀가 생각을 달리해야 한다고 생각합니다. 반면에 그녀는 제가 자신을 '믿지 못한다'고 말합니다. 믿지 못하니까 자꾸 그녀가 이성과 단 둘이 만나는 것을 싫어하는 것이라고 합니다. 도움 부탁드립니다. 자세한 분석과 함께요.

답 : 자신을 돌아보면 됩니다. 아마 언젠가는 그녀에게 싫증을 내고 다른 여자에게 관심을 기울일 날이 있을 겁니다. 그때 자신에게 뭐라고 합리화할 건가요? 지금 그녀를 가두면 나중에 당신이 갇히게 됩니다. 의부증에 걸린 여자와 함께 산다고 생각해 보세요.

방법은 간단합니다. 그녀가 하는 대로 당신도 하면 됩니다. 그녀가 다른 남자와 일 대 일로 만나면 당신도 일 대 일로 다른 여자를 만나고, 그녀가 만나지 않으면 당신도 만나지 않으면 됩니다. 그렇게 따라하다 보면 그녀를 이해할 수 있을 겁니다. 물론 그녀도 당신을 이해할 수 있게 되겠지요. 사랑은 하나이니 너무 걱정하지는 마세요. 다행인 것은, 그녀가 거짓말은 하지 않는다는 사실입니다. 거짓말을 하면서 만난다면 그야말로 복잡해지겠지요. 그녀가 하는 대로 똑같이 해 보세요. 그녀를 이해할 수 있을 거예요. 사람은 아무리 많은 사람을 만나더라도 사랑은 결국 하나랍니다. 하나인 사랑을 정리하지 않고 다른 사람에게 사랑을 기울인다는 것은 불가능합니다. 다른 여자들을 만나다 보면 그걸 깨달을 수 있을 겁니다. 그건 섹스를 해도 마찬가지입니다. 이상입니다.

좀 더
악녀가 되어야 하는데

"휴, 형제나 친지들 생각은 하지 말라고 그렇게 말해도 계속 걱정하네요."

한 우울증 환자의 보호자가 안타까운 표정을 지으며 말한다.

나이든 여성들 중에는 이런 사람이 꽤 있다. 다들 알아서 잘 살고 있건만 형제 걱정, 자매 걱정, 친척 걱정을 놓지 못하는 것이다.

노점상을 하는 김 씨 아주머니의 낙은 친척들에게 자신이 파는 물건을 퍼주는 것이었다. 그러다 장사를 그만두자 우울증에 걸렸다. 인생의 낙이던 퍼주기를 못하게 되니 살맛을 잃어버린 것이다. 제발 자신을 위해 살고 자신을 위해 쓰라고 당부해도 먹히지 않았다. 그녀의 삶은 오로지 친척을 위해서만 존재하는 것 같았다.

한 씨 할아버지는 먹을 것, 입을 것을 아껴가면서 돈을 벌어 가족들 뒷바라지하는 데 모두 썼다. 그렇게 굶으며 사는 것이 안타까워 그러지 말라고 하자 이런 답이 돌아왔다.

"쓸 줄 알아야 쓰지. 난 돈 쓸 줄을 몰라. 어렸을 때 너무 가난해서 친척집에서 돈 꿔다 공부했어."

김 씨 아주머니나 한 씨 할아버지와 같은 사람들의 공통점은 어렸을 때 매우 가난했다는 것이다. 가난하다 보니 집안 식구가 단합해야 살 수 있었고, 그 습관에 평생토록 발목을 잡힌 것이다. 나 혼자 살겠다고 이기심을 부렸다면 생존 자체가 어려웠을 것이다. 그들의 생존은 집안 식구에게 달렸기에 그들은 한평생 집안에서 벗어나지 못하는 것이다.

그러나 지금은 다르다. 김 씨 아주머니와 한 씨 할아버지가 살았던 시대와는 정반대의 모습이 나타나고 있다. 나를 중시하는 것은 기본이고 결혼 자체를 하지 않겠다는 사람이 늘고 있다. 그렇다 보니 가족 우선적인 구세대의 가치관과 자기중심적이고 적당히 배타적인 신세대의 가치관이 혼재해 있다. 이들 가치관이 가장 첨예하게 충돌하는 것이 결혼이다.

결혼은 남녀가 아닌 집안과 집안의 만남인 만큼 구세대와 신세대가 만나지 않을 수 없다. 이 과정에서 서로의 생각이 합의점을 찾지 못하는 경우도 많다. 결혼을 하지 않겠다는 한 여자에게 그 이유를 물었더니 이런 대답이 돌아온다.

"시월드도 싫고 시댁에 가는 것도 귀찮아요. 어른들 눈치 보며 살고 싶지 않아요. 결혼하지 않고 사랑만 하고 사는 게 훨씬 좋은 걸요."

가족들과 어울려 살며 마음에도 없는 말을 하며 가식적으로 살기 싫다는 것이다.

그런데, 이렇게 결혼은 싫다면서도 아이는 갖고 싶어 하는 여성은 의외로 많다. 싱글맘을 꿈꾸는 한 여성에게 그 이유를 물었더니 이렇게 답했다.

"주위에 결혼한 부부 스무 쌍을 살펴봤는데 행복한 부부는 단 한 커플도 없던 걸요. 그리고 저 역시 한 남자만 사랑하며 살 자신이 없어요. 남자에게 상처주고 싶지 않아서 결혼하지 않는 거예요. 하지만 아이는 갖고 싶어요."

그녀가 살아온 얘길 들어보니 무척 흥미로웠다. 그녀에게 순결 따원 조금의 가치도 없었다. 그렇다 보니 많은 남자에게 몸을 허락했는데, 한 가지 절대 조건이 있었다. 육체 컨트롤은 반드시 자신이 한다는 것이다. 남자와 한 번 잤다고 해서 그 남자에게 속하는 것도 아니고, 애무를 허락했다고 해서 섹스를 허락한 것은 아니다. 영화관에서 아무리 구석구석 만지는 걸 허락했어도 나와서 싫으면 'No'다. 아무리 남자가 몸이 달아 있는 상태라도 마음이 바뀌면 안 한다. 그러나 남자가 자기를 떠나려고 하면 적극적으로 유혹하기도 한다. 그건 자존심 상하는 일이니까. 한 번은 과거의 남자 친구가 그녀의 친구와 사귀려고 해서 적극적으로 그를 유혹해 한동안 더 사귄 적도 있었다고 한다. 그렇다고 그녀가 사랑을 하지 않는 건 아니다. 사랑은 하되 연인이 바람을 피우거나 화나게 만들면 맞바람을 피운다. 남자 친구가 15명의 여자와 바람을 피웠다고 자랑하기에 속으로 비웃어 줬단다. 나는 그보다 더 많은 남자들이랑 잤다.

하지만 그녀에게도 매우 소중한 기억으로 남은 사랑이 있다. 하루는 그 남자와 드라이브를 하는데 너무 행복해 그대로 죽고 싶었을 정도였단다. 그리고 그녀에겐 사랑하는 남자만 소중한 것이 아니다. 관계를 잘 맺고 그 인연을 살리는 남자면 다 소중한 자산이다. 그녀는 남자를 보면 3초 만에 감이 온다고 했다. 저 남자와 섹스를 해야 하는지 말아야 하는지 말이다. 그렇게 섹스를 한 남자들은 나중에도 친구로 남았다. 반대로 그녀에게 접근했으나 섹스에서 아웃당한 남자들은 그 후에도 아웃이었다. 여자 하나 정복하지 못하는 남자를 어디에 쓰겠는가.

그러다 보니 지금껏 풍요로웠고, 마음만 먹으면 얼마든지 남자를 잡을 수 있었다. 아기도 가질 생각인데, 남자한테 의지해 키울 생각은 없고 베이비시터를 고용해 키울 예정이라 했다. 한 번 태어난 인생, 맘껏 누리며 자유롭게 살고 싶단다. 요즘은 해외로 나갈 생각을 하고 있는데, 마이애미 해변에 가서 남자를 유혹해 그를 발판 삼아 더 멋진 인생을 살고 싶단다. 그녀는 자기의 별명을 '오픈녀'라고 하며, 자신에 대해 이렇게 쓰는 걸 흔쾌히 허락해 주기도 했다. 요즘 같은 세상에서 중요한 것은 쭉쭉빵빵 미모지 소문 따윈 하나도 무섭지 않다고 했다.

"나는 오프라 윈프리가 소원이거든. 싫으면 가라 그래. 자기들만 손해지."

그녀의 생각이 맞았는지 그녀 주변에는 사람들이, 특히 남자들이 참 많다. 아직은 (표면적으로는) 드물지만 앞으로는 그녀 같은 여성이 대세가 될 날도 멀지 않은 것 같다. 곧 섹스 앤 시티가 한국에도 상륙하지 않겠는가. 그녀의 소원은 마녀가 되는 거란다. 그래서 가끔 이렇게 푸념한다.

"좀 더 악녀가 되어야 하는데……."

그녀 같은 사람들이 많아지면 가족 때문에, 결혼 때문에 고민할 일은 많이 줄어들 것이다. 그러나 여전히 가족과 자식에게 집착하는 사람들이 많다. 그런 사람들을 볼 때마다 안타깝다.

이제 과거에서 벗어나 과감하게 100세 시대를 맞을 준비를 하라. 자식의 결혼은 자식에게 맡기고 당신은 당신대로 열심히 살면 되는 것이다. 그래야 명절에 모이더라도 서로 부담 주지 않아 흥겹지 않겠는가.

사랑은
나이로 하는 게
아니다

융Carl Gustav Jung은 인생을 전반기와 후반기로 나누어 후반기가 가장 중요하고, 전반기는 후반기를 위한 준비 과정이라고 했다. 인생의 전반기에서 가장 중요한 과제는 사회 적응이다. 그리고 후반기에는 전반기에 이룩한 사회 적응을 토대로 나에게 진정으로 소중한 것이 무엇인지를 찾아야 한다. 인도에서는 쉰이 넘으면 가족에 대한 의무에서 벗어나 출가를 선택하기도 한다. 물론 가족들도 그 선택을 존중한다.

인생의 후반기는 비로소 자기다운 삶을 살 수 있는 소중한 시기다. 그러나 우리 사회는 인생의 후반기를 값지게 보내는 문화가 아직 형성되어 있지 않다. 오히려 나이에 비례해 외롭고 소외되는 경향이 늘어나고 있으니 안타까울 뿐이다.

오랫동안 은행원 생활을 하다 은퇴한 지인이 어느 날 축 처진 목소리로 말했다. 시간은 많고 몸은 편한데 마음은 우울하고 힘들다고. 그 말에 나는 돈도 쓰고 일도 벌이고 재밌게 살라고 조언했다. 그 말에 그가 난색을 표하며 답했다. 이 나이에 일 벌이는 사람은 다 망했다고. 그리고 자식들 결혼도 시켜야 하는데 돈을 어떻게 쓰냐고. 그의 나이 올해 57세. 나는 그에게 다시 한번 강조했다.

"이제부터가 진짜 인생입니다. 지금까진 오늘을 위한 준비 기간이었고요. 말 그대로 100세 시대인데 여생을 어떻게 살려고 그러십니까. 친구도 만나고 일도 벌이고 돈도 쓰세요. 자식에게 재산 물려준다고 자식이 잘 사는 것 아닙니다. 어떤 부자가 말하더군요. 자기는 자식에게 절대로 재산을 물려주지 않겠다고요. 세상에서 가장 재밌는 게 돈 버는 일인데 어떻게 그 재미를 자식에게서 빼앗느냐고요. 미국 플로리다에 가면 '빌리지'라는 실버타운이 있는데, 거기가 보니 노인들이 자기들끼리 어울려 참 재밌게 살더군요. 골프도 치고 요트도 타고 브로드웨이 유명 뮤지컬도 초청해서 보고. 아직은 쉴 나이가 아닙니다. 친구도 만나고 공부도 하고 일도 벌이세요. 적어도 아흔 살까지는 사실 것 아닙니까. 앞으로 살 날이 30년 이상 남았는데 어떻게 아무것도 안 하고 돈만 아끼며 살 생각을 하십니까.
성공한 CEO들만 봐도 대부분 환갑이 넘었잖아요. 그들의 눈빛은
하나같이 빛나고 아이처럼 호기심이 많아요. 지금부터가 진짜 삶입
니다."

내가 잘 살아야 자식도 좋다. 내 재산은 내가 죽은 뒤 자식들이 알
아서 나눠 가지면 된다. 내 돈을 갖고 다 큰 자식들 일일이 뒷바라지
할 필요는 없다. 그래봤자 의존적인 자식만 만들 뿐이다.《아라비안
나이트》에 이런 얘기가 나온다.

작은 섬, 한 노인이 멍하니 앉아 있다가 사람이 오면 업어서 건너
편까지만 데려다 달라고 한다. 노인이 측은해 업어주면 노인은 그
사람 등에 딱 달라붙어 그가 죽을 때까지 부려먹는다. 그 사람이 죽
으면 잡아먹고는 또 하염없이 앉아서 다른 사람이 오기를 기다린다.
내 눈엔 그 노인이 그렇게 불쌍하고 초라해 보였다. 이렇게 남의
동정을 부둥켜 잡고 생존하는 것이 의존심이다. 의존성이 강하면 내
삶이 없어진다. 굳이 자식에게 재산을 주어 자식의 삶을 빼앗을 필
요가 없다는 것이다. 그래서 자식을 키울 때 가장 경계해야 할 것이
의존심이다. 의존심에 사로잡힌 자식은 눈 동그랗게 뜨고 의존할 대
상만 찾을 뿐 자기 삶을 위한 노력은 하지 않는다. 그렇다고 부모가

언제까지 자식을 보살피며 살 수 있겠는가. 행여 부모가 죽고 나면 그 자식은 하염없이 앉아서 굶어 죽기를 기다리는 수밖에 없다. 어느 골빈 작자가 나타나 동정을 베풀기를 기대하면서

주위를 둘러보면 외로운 노인들이 많다. 멍하니 앉아 있는 모습이 뭔가 목표를 잃은 것만 같다. 어마어마한 재산을 갖고 있지만 돈을 쓸 줄도, 놀 줄도 모르고, 사람도 믿지 않으면서 외롭게 시들어가는 사람도 많다. 심지어 자식에게 부담 주기 싫다고 스스로 생을 마감하는 노인들도 많다. 그저 돈과 가족이 최고라 생각하고 살아온 결과다.

내 부친은 연세가 들어서도 몸을 무척이나 아끼셨다. 건강에 대해 지나치리만치 걱정하시는 모습이 생전엔 조금 보기 불편했는데 부친이 세상을 떠나고 나서야 깨달았다. 아버지가 몸걱정을 하신 것은 당신을 위해서가 아니라 자식을 위해서였다는 것을. 아버지는 끝까지 든든한 내 원군으로 남고 싶으셨던 것이다.

인생에서 돈이 최고라고 생각하는 것은 대단한 착각이다. 돈이 많고 적음은 결코 중요치 않다. 가족도 마찬가지다. 엄밀히 말하자면 가족도 남이다. 내가 책임져야 할 사람은 가족이 아니라 '나'다.

몇 년 전, 나는 이혼을 했다. 그리고 몇 달 뒤 재혼을 했다. 이혼한

다고 하자 아이들도 찬성했다. 믿지 않겠지만 큰아들은 내가 이혼하지 않으면 짜증을 낼 거라 했고, 딸은 "It is the most fantastic idea that I ever heard"라는 말로 응원했고, 막내아들은 한동안 괴로워하다가 "아빠, 행복하게 사세요."라고 체념했다.

이혼 후 힘들지 않았다고 하면 거짓말이다. 그렇지만 시간이 가면 갈수록 최선의 선택이었다는 생각이 들었다. 나이가 들었다고 내 삶을 포기할 이유는 없기 때문이다. 그리고 나는 지금 나보다 스물두 살 연하의 여자와 재혼해 살고 있다.

종종 주변 친구들이 걱정한다. 그러면서 농담 섞인 질문을 한다.

"야, 나이 차이가 그렇게 나는데 감당이 되냐?"

감당이 된다. 아니, 오히려 넘친다. 사랑은 나이로 하는 게 아니라 마음으로 하는 것이니까.

이혼하면 경제적으로 추락한다고 하는데 내 경우엔 반대다. 여러모로 컨디션이 좋으니 돈이 붙지 않을 이유가 없다.

내 나이 쉰일곱, 이제부터가 진짜 인생이다. 지금까지는 준비 기간이었다. 앞으로 좀 더 나은 나를 찾아 나아갈 것이다. 전혀 늦지 않았다.

중년이
행복하려면

중년이 되어서도 가슴 깊이 새겨져 있는 것은 사람들에게 받은 상처다. 특히 사랑과 우정의 배신은 그 상처가 더욱 깊어 아무리 지우려 해도 지워지지 않는다. 사랑과 우정을 배신하는 사람들은 대개 눈의 이익에만 급급한 본능적인 사람들이다. 그러나 인간은 다른 동물과 달리 커다란 집단 사회를 형성해 살아가는 사회적 집단이다. 그래서일까, 본능적인 사람들은 사회적으로 볼 때 그다지 잘 사는 것 같지 않다. 당연한 결과겠지만 인간적으로 살기 위해 노력하는 사람이 더 잘 산다. 특히 자기 말에 책임을 지고 신뢰를 주는 사람일수록 그렇다.

중년이 되면 인간성은 물론 사회성이 더더욱 중요하고 필요해진다. 중년 이전까지는 본능에 싸여 비현실적인 사랑과 욕망, 욕심에 꿈틀거렸다면 중년 이후에는 본능의 영향에서 벗어나 안정을 찾아야 한다. 중년 이전에는 프로이트 식으로 본능이 강하게 영향을 주지만 중년 이후에는 그 영향력이 떨어진다고 한 융의 말도 같은 맥락일 것이다.

지현은 결혼을 약속한 남자를 아무 설명도 없이 차버렸다. 왜 헤어져야 하냐며, 헤어질 수 없다고 남자가 애걸복걸했지만 지현은 매몰차게 남자를 외면했고, 결국 헤어졌다. 지현은 그 남자와 헤어진 뒤에도 무수히 많은 남자를 사귀었다. 하지만 그 누구에게도 마음을 주거나 정착하지 못하다 결국엔 선을 봐서 결혼을 했다. 결혼 후에도 지현은 남편 몰래 바람을 피웠고, 결국 이혼을 당해 지금은 아이들과 어렵게 살고 있다. 그러면서도 어디 좋은 남자가 없나 찾는 중이다.

지현의 행동은 본능적으로 보면 당연한 것이다. 여자의 본능은 좀 더 나은 유전자, 다양한 유전자를 받기를 지향하기 때문이다. 그러나 그 본능을 따른다는 것은 안정된 사회생활을 포기한다는 의미다. 지현이 스스로 자기 인생을 구원하려면 좀 더 인간적이고 사회적인 인간이 되어야 할 것이다.

본능적인 인간은 상대에게 죽음과 같은 상처를 안겨 주는 반면 인간적인 인간은 상대에게 깊은 감사와 신뢰감을 느끼게 한다. 그래서 시간이 지나면 지날수록 본능적인 인간은 외면당해 설 자리를 잃고, 인간적인 사람은 행복할 기회를 많이 갖게 된다. 중년을 행복하게 살고 싶은가? 그렇다면 지금부터 인간적이고 사회적인 모습을 많이 갖추라.

현실의 끝은 사랑이고
사랑의 끝은 현실이다

현실의 끝은 사랑이고 사랑의 끝은 현실이다. 어느 날 문득 이 말이 떠올랐다.

인간의 본능은 크게 공격성(남보다 앞서려는 마음)과 성욕(사랑)으로 나뉜다. 그런데 인간은 이 두 본능 중 한 가지만 잘 성취할 수 있게 조건화되어 있어서 현실에의 성공을 추구하거나(남자, 외향성) 사랑에의 성공을 추구한다(여자, 내향성). 그러나 현실에서의 성공이 극한에 이르면 심리 에너지는 더 이상 현실에 머물지 않고 반대 본능인 사랑으로 눈을 돌린다. 모든 에너지는 효율적인 폭발을 바라지 태운

194

것을 또 태우는 비효율적인 폭발은 하지 않기 때문이다. 그래서 무엇 하나 부러울 것 없는 사람이 무모한 사랑에 빠지고, 목숨 걸고 사랑한다던 사람이 연인의 뒤통수를 치고 달아나는 이해 못할 일이 종종 발생하는 것이다. 특히 40대는 인생의 전반기에서 후반기로 진입하는 시기로, 이때는 현실적인 가치관의 변화를 요구받는다. 인생의 전반기 과제인 현실의 성공을 잘 이루었다고 하더라도 후반기 과제인 마음, 사랑, 영혼, 자기 실현에의 성공이라는 또 다른 과제가 기다리고 있다.

현대의 많은 젊은이들은 더 이상 미래를 믿지 않고 고상한 가치를 추구하려 하지도 않는다. 미래를 위해 고상하고 우아하게 가치를 지켰다고 인생에 별로 도움이 되는 것 같지 않기 때문이다. 차라리 젊고 예쁠 때 한껏 비싸게 팔리는 것이 더 가치 있다고 생각한다. 룸살롱에 여대생들이 득시글하고, 엄중한 단속에도 불구하고 원조교제가 끝 갈 줄 모르는 세태가 이를 반증한다. 현실에서 어느 정도 성취를 이뤄 놓고 사랑에 눈 돌리는 중년 남성들의 축적된 에너지(돈)를 현대의 젊음은 주저하지 않고 빨아대는 것이다.

성공만을 쫓다가 어느 날 문득 아름답고 영원한 사랑에 눈을 돌린 중년들이여, 그러나 그 사랑을 젊고 싱싱한 여인에게서만 찾으려

하지 말라. 그러면 안개 속을 헤매게 될 것이다. 젊고 싱싱함은 신이 일시적으로 빌려준 축복이지 결코 영원하지 않음을 기억하라. 현실의 끝에서 발견하는 사랑은 외모보다는 정신적이고 영혼적인 것에서 찾으라. 그것이야말로 영원한 젊음이고 아름다움이며 진정 사랑할 만한 것이다.

사랑의 끝은 현실이고
현실의 끝은 사랑이다

하얀 차가 깊은 산길을 달리고 있다. 깊은 산이 이어지나 싶었는데 고개를 넘어서니 커다란 호수가 보인다. 차는 호숫가 음식점 앞에 멈춰 선다. 집주인이 반색을 하며 마중을 나온다.

"선생님 오셨군요. 뭘로 해 드릴까요?"

"오리 한 마리 해 주세요."

"네, 알겠습니다."

주문을 받은 집주인은 총을 메고 나간다. 호숫가로 가 산오리를 향해 방아쇠를 당기는 주인.

얼마 후, 음식점 안쪽 별채에는 푸짐한 한 상이 차려졌다. 상을 가운데 두고 서로를 바라보는 현우와 소영의 시선이 정겹다. 그날 저녁, 둘은 음식점에 딸린 방에서 하루를 묵었다. 호숫가에 자리한지라 풍광이 무척 아름답다. 방으로 들어간 두 사람은 기다렸다는 듯 서로를 껴안았다. 팔베개를 하고 누운 소영이 묻는다.

"현우 씨, 오늘 정말 결혼하는 거죠?"

"그럼."

"당신과 결혼할 수 있다니……. 당신과 결혼하면 당신의 유일한 사랑이 되는 거죠?"

"물론이야. 나는 한 여자하고만 사랑하고 결혼하니까."

"나 실은 당신에 대한 소문 익히 들었어요. 사랑이 정리될 때까지는 절대 다시 사랑하지 않고, 사랑하게 되면 반드시 결혼한다는……."

"섹스야 자유롭게 할 수 있지만 사랑은 마음대로 되지 않지."

현우의 말에 소영은 곱게 눈을 흘긴다.

"저랑 결혼하면 섹스도 마음대로 안 돼요. 제가 그렇게 내버려둘 것 같아요? (현우의 품을 파고들며) 너무 행복해요. 3개월 동안 혼자였던 게 고통만은 아니네요. 아마 사람들은 아직도 제가 미국에 있는 줄 알고 있을 거예요."

198

"고마워, 약속을 지켜줘서."

현우, 소영의 몸 위로 올라간다. 격렬하게 섹스하는 두 사람. 오르 가즘으로 치닫는 소영. 환희에 찬 신음소리와 고통스러운 신음소리 가 교차한다. 그 순간, 깜짝 놀라는 소영.

피다! 두 손에 피가 흥건하다.

"어머!"

피가 솟는 곳을 보니 자기 가슴이다.

"왜 그래?"

"피예요."

피가 흥건한 가슴 아래로 현우의 손이 보인다. 그 손에 들려 있는 뾰족한 송곳.

"어머!"

소영, 의심쩍은 눈으로 현우를 바라보고, 현우는 천천히 몸을 일 으킨다.

"언제부턴가 내게는 결혼식 날이 제삿날이야. 다시는 결혼하지 않 겠다고 맹세했으니까. 결혼한 여자 치고 날 배신하지 않은 여자는 없었으니까."

소영, 깜짝 놀라며 몸을 일으킨다.

"사랑은 2년이면 족해! 그녀 이후로 어떤 여자도 2년 이상 날 사 랑한 여자는 없었어. 나중엔 결국 다들 돈을 요구하거나 바람을 폈지. 그래서 결심했지. 딱 2년만 사귀기로."

소영, 가슴을 누르며 뒤로 물러난다.

"그렇다고 이렇게까지 할 필요는 없잖……."

"아니, 가장 사랑하는 사람이 가장 아프게 하는 법이거든. 사랑이 아픔으로 변하기 전에 모든 걸 끝내야 해!"

현우, 소영을 안고 뒹군다. 소영의 등에 구멍이 생기며 피가 솟는다.

비명을 지르는 소영, 현우를 강하게 뿌리치고 뛰쳐나간다.

"사람 살려, 사람 살려!"

현우, 담배를 꺼내 문다.

"최후의 발악을 할 땐 놔줘야지. 그때가 가장 힘이 세니까. 여자로 인해 내가 조금이라도 다쳐선 안 되거든."

순간, 가까이서 들려오는 총소리

다음 날 아침, 현우 혼자 상을 받는다. 현우 앞에 푸짐하게 차려진 고깃덩어리. 상 옆에는 하얀 보자기로 싼 상자가 놓여 있다. 상 앞에 엎드려 있는 주인을 보며 현우는 고기를 몇 점 집어먹는다.

"수고했어요, 번번이."

"별말씀을……. 선생님이 아니었으면 전 지금쯤 기도원에서 썩고 있을 텐데요."

"서로 돕고 살아야죠. 우리 둘 다 건강하고 행복해야 합니다. 필요한 거 있으면 언제든 연락하고."

그리곤 흰 상자를 들고 일어선다.

2년 뒤

현우가 건물 옥상에 있는 옥탑으로 들어간다. 그곳 서재에는 항아리들이 진열돼 있다. 현우는 그중 한 항아리를 열어 그 안에 들어 있는 하얀 재를 한 숟가락 퍼 먹는다. 그리곤 황홀한 표정으로 의자에 몸을 눕힌다. 이때 한 여자가 현우 앞에 나타난다.

"정말 죽음은 아무것도 아니군요. 죽어 보니 알겠어요."

"죽음보다 소중한 것이 사랑이지. 사랑을 지키기 위해선 죽음은 아무것도 아니야."

"꼭 저를 그렇게 죽여야 했나요?"

"여자들은 말로는 사랑을 원한다고 하지만 결국에는 현실을 원해. 하지만 죽으면 현실을 원할 수 없지. 영원한 사랑을 위해서는 결국 죽어야 해!"

"그래요. 죽고 나니 배신할 길이 없더군요. 저를 사랑해 주세요."

여자, 옷을 벗고 현우에게 안긴다.

"사랑은 영혼들끼리 하는 것. 삶과 죽음은 아무 상관이 없어."

현우도 옷을 벗고 여자를 품에 안는다.

현우 애인인 은영은 간밤에 아무래도 현우에게 너무 했다는 생각이 들어 현우 방을 찾았다. 이상하게 주기적으로 억지를 부리게 된다. 어제는 마음에도 없는 이별을 통보해서 현우의 마음을 아프게 했다. 현우네 집은 은영이 살고 있는 건물 4층이다. 그런데 현우는 집에 없었다. 갑자기 마음이 덜컥 내려앉았다. 이러다 정말 이별하게 되면 어떡하지. 진심이 아니었는데.

안절부절못하고 있는데 어디선가 이상한 소리가 들린다. 은영은 혹시나 하고 소리가 나는 곳으로 올라간다. 건물 옥탑이었다. 은영도 가본 적이 있는 곳이다. 그러나 어둡고 침침해서 다시는 가지 않았던 곳. 옥탑으로 가려면 잠긴 문을 통과해야 하는데 그날은 이상하게 열려 있었다. 옥탑에선 이상한 신음소리가 흘러나오고 있었다. 문을 살짝 열고 들여다보니 현우가 옷을 벗은 채 신음소리를 내고 있다. 은영은 자신도 모르게 눈살을 찌푸렸다. 현우 앞에는 반쯤 열린 작은 항아리가 놓여 있고, 그 안으로 하얀 가루가 보였다. 혹시 마약을 하는 걸까? 은영이 옥탑에 들어섰지만 현우는 그녀를 인식하지 못하는 듯했다. 은영은 어제 일로 미안한 마음에 옷을 벗고 현우 품에 안겼다.

"지금 누구랑 섹스하는 거예요?"

그러나 현우는 은영의 목소릴 듣지 못하는 듯했다. 그러면서도 손은 어느새 은영을 만지고 있었다. 은영은 마치 다른 남자와 섹스하

202

는 기분이었다. 아마 현우도 지금 다른 여자와 섹스하고 있으리라. 기분이 상했지만 참기로 했다. 이 남자가 얼마나 괴로웠으면 이 지경이 됐을까 싶어 오히려 미안했다. 현우는 아기처럼 은영의 품에서 잠이 들었다. 은영은 혹시나 하고 현우에게 말을 걸었다.

"도대체 지금 누구랑 섹스한 거예요?"

"소영이랑."

"소영인 행방불명됐잖아요."

"아니, 저 항아리 속에 있어."

현우는 마치 최면에 걸린 듯 술술 대답했다. 은영은 이상한 느낌이 들어 그의 머리를 감싸며 물었다. 은영도 제정신이 아닌 듯했다.

"뭐라고요? 다시 얘기해 봐요. 당신이 왜 이렇게 됐는지."

현우가 눈을 감은 채 미소를 짓는다.

"지하실에서였지."

현우의 얘기가 영상처럼 스쳐간다.

지하 방에서 한 남자와 여인에게 구타당하고 있는 현우.

여인이 소리를 지른다.

"넌 이제 이 세상에서 매장당할 줄 알아."

비명을 지르는 현우. 남자는 휴대전화로 신고를 하고, 여인은 갑자기 옷을 벗더니 자기 몸을 쥐어뜯는다. 다음 날 신문엔 "유명 의학박사, 상습 폭행으로 구속영장 청구. 여인은 전치 3주……"라는 기사가 대문짝만 하게 실렸다.

조용한 카페, 목과 허리에 보호대를 두른 여인과 현우가 마주 앉아 있다. 여인이 말한다.

"3억을 주면 합의하죠. 그렇지 않으면 강간 치상, 살인 미수로 들어갈 줄 알아요. 당신을 엮기 위해 오래전부터 준비했어요. 5주짜리 가짜 진단서도 만들고, 5천만 원이나 주고 검사장 출신 변호사도 고용했어요. 꽤 많이 투자한 거죠. 당신이 살 길은 돈뿐이에요."

"내 사랑이 3억밖에 안 돼?"

현우, 수표를 끊어준다. 여인, 웃으며 수표를 받아든다.

"공부밖에 모르는 의학박사님, 구치소에 들어가 사회 공부 좀 더 하시죠. 사랑의 끝은 현실이고 현실의 끝은 사랑이에요. 그래서 우리 같은 사람들이 먹고 살죠. 하지만 이것으로 끝은 아니에요. 적어도 10억은 뽑아낼 테니까."

현우, 수표를 흔들며 오토바이를 타고 신나게 내달리는 남녀를 보며 발걸음을 돌린다.

"그때 결심했지. 다시는 여자 아니 사랑에 배신당하지 않겠다고. 사랑은 딱 2년이야. 그 이상 끌면 사랑은 끝나고 현실만 남을 뿐이지."

　은영, 그런 현우가 무섭기도 하면서 안타깝기도 하다.

　"예외는 없나요?"

　"예외 따윈 없어. 나 보고 어린 왕자라느니 예수라느니, 진선미를 다 갖췄다느니 하던 여자도 날 범죄로 엮고 돈을 요구했으니까."

　"우리가 만난 지도 2년이 되어 가네요."

　은영, 현우를 떼어내며 씁쓸한 표정으로 일어난다.

의존심은
목숨보다 강하다

(무대 위, 한 여자가 발끝까지 오는 검은 옷을 입고 주연 배우인 정미를
데리고 걷는다. 무대 위엔 세 구의 시체가 손을 깍지 낀 채 누워 있다.
여자가 말한다.)

여자 : 저는 당신의 영혼의 인도자입니다. 여기 있는 사람들은 모
두 죽은 사람들입니다. 당신이 영혼의 세계로 들어가기 위해선 이
사람들을 통과해야만 합니다. 영혼의 세계는 죽음도 실제와 같이
살아 움직이며 신이나 동식물과도 대화를 나눌 수 있습니다. 영혼
의 세계는 밖에서 만나지는 세계가 아니라 당신의 마음속에서, 스
스로의 체험에서 발견하는 세계입니다. 자, 이 시체들을 보십시오.

당신이 진정 영혼의 세계로 들어가길 원한다면 이 시체들과 교감할 수 있다고 생각하세요. 자, 시체들을 보세요. 이미 오래 전에 죽어 악취를 풍기고 있는 이 시체들의 몸을 자세히 들여다보세요.

(정미, 시체를 본다. 시체들은 꼼짝 않고 그대로 있다. 정미가 흔들거나 물어봐도 반응하지 않는다. 정미가 의아해하며 다시 영혼의 인도자를 바라본다.)

인도자 : 시체의 몸에서 어떤 변화나 움직임을 발견했나요?

정미 : 아무것도 발견하지 못했습니다.

인도자 : 그러면 제가 도와드리겠습니다. 당신을 인도해서 이 시체들과 교류할 수 있도록 하죠. 이제 저 굳게 닫힌 영혼의 세계로 들어가는 문을 열어 드리겠습니다. 다시 시체들을 한 구 한 구 자세히 보세요.

(정미, 다시 시체들을 한 구 한 구 자세히 본다. 순간 한 시체의 깍지가 풀리며 밑으로 툭 하고 떨어진다. 정미의 눈이 가는 곳마다 시체의 손가락이 움직이거나 손가락이 풀리거나 팔이 움직인다.)

인도자 : 이제 무슨 변화를 느꼈습니까?

정미 : 시체들이 움직였습니다.

인도자 : 좋습니다. 죽은 사람이 움직이는 것을 볼 수 있는 지금은, 당신이 영혼의 세계로 들어갈 수 있는 순간입니다. 이제 당신은 영혼의 세계로 들어가 그 안에서 자신의 영혼뿐 아니라 시공을 초

월해 자기 마음에서 구하는 것은 무엇이든지 얻을 수 있고, 누구와도 만날 수 있습니다. 꽃과 대화하는 것도 가능하고 귀신들과의 만남도 가능합니다. 그럼 이제 들어가 볼까요?

(인도자는 정미를 데리고 영혼의 세계로 들어가는 문을 통과한 뒤 문 밖의 의자에 앉힌다.)

인도자 : 지금 기분이 어떻습니까?

정미 : 묘합니다.

인도자 : 자, 이제 아무런 두려움도 갖지 말고 편안한 마음으로 영혼의 세계를 거닐어 봅시다.

정미 : 네.

(인도자, 정미의 어깨에 손을 얹는다. 순간 갑자기 천둥번개가 치고 사방에서 빛이 번득인다. 사람들이 공포에 질리고 긴장된 모습으로 황급히 달려간다. 그러다 갑자기 나란히 줄을 선다. 그들은 마치 죽은 사람처럼 무표정한 얼굴로 줄을 서다가 로봇처럼 딱딱 끊어지는 부자연스러운 걸음으로 무대에서 퇴장한다. 이어 단정하게 흰 옷을 차려 입은 한 남자[정신과 의사 영준]이 중얼거리듯 노래를 부르며 무대 한가운데로 나오더니 정미를 보며 미소 짓는다.)

영준 : 정미 씨.

정미 : (떨리는 목소리로) 네

(영준, 〈파우스트〉의 서시를 읊는다.)

영준 : 그대들 다시 다가오는, 희미하게 흔들리는 모습이여, 그 옛날 나의 흐릿한 눈에 가끔 나타난 모습이여. 이번만은 그대들을 꼭 사로잡도록 시도해 보자. 내 마음은 아직도 그 환상을 그리워하는 걸까? 그대들은 몰려오는구나. 그러면 좋다. 마음대로 해 보렴. 구름과 안개 속에서 내 몸 가까이 헤치고 올라와서 그대들 무리를 감돌며 솟아오르는 불가사의한 숨결에 내 가슴은 흔들리고 젊어짐을 느낀다.

인도자 : 저기 서 있는 저 흰 옷의 남자는 당신의 영혼입니다. 저 영혼은 당신에 관한 모든 것을 알고 있어요. 가서 궁금한 것을 물어보세요.

(정미, 조심스럽게 영준에게 다가간다.)

정미 : 당신이 제 영혼인가요? 그럼 지금 제가 무슨 생각을 하고 있는지 알겠네요?

영준 : 물론이죠. 당신은 죽은 성철 씨를 만나고 싶은 것 아닙니까?

(정미의 눈에 금방 눈물이 맺힌다.)

정미 : 맞아요. 어떻게 하면 그를 만날 수 있죠?

영준 : 눈을 감으세요. 절대로 뜨면 안 돼요.

(정미, 눈을 감는다. 영준, 정미의 손을 잡는다.)

영준 : 이제 제 손을 통해 성철 씨의 영혼이 당신에게 다가갈 겁니다. 영혼은 손을 통해 나오니까요.

(영준의 손이 저절로 움직이며 정미의 얼굴을 부드럽게 어루만진다. 정미, 영준의 손을 과거 자신의 얼굴을 어루만지던 성철의 손으로 느낀다.)

정미 : (눈물을 흘리며 영준의 손을 어루만진다.) 성철 씨!

영준 : 응, 오랜만이야. 잘 지냈어?

정미 : 제가 어떻게 잘 지낼 수 있겠어요. 어떻게 저를 두고 그렇게 갈 수 있어요?

영준 : 내가 당신을 두고 간 이유는 한 가지 수수께끼를 풀기 위해서야.

정미 : 어떤 수수께끼인데요?

영준 : 내가 없으면 당신이 어떻게 변할까 궁금했어.

정미 : 네? 그게 무슨 말이죠?

영준 : 당신은 나와 함께 있으면 있을수록 점점 약해졌어. 우리 사랑은 강해졌지만 당신은 좀 더 안전하고 편안한 삶에 안주했지. 그리고 그 편안함을 지키기 위해 쓸데없는 걱정을 하는 일이 많았어. 심지어 우리가 함께 고생하던 날 중에 상상도 못한 일이 생기기도 했지. 심지어 당신은 걷는 것조차 잃어버릴 정도였으니까.

210

누구에게 기대지 않으면 홀로 서지 못할 정도였으니까.

정미 : 그건…….

영준 : 심지어 당신은 침대에 누워 일어나려고도 하지 않았어. 사랑하는 사람도 있고 돈도 넉넉했지만 당신은 점점 아픈 날들이 늘어났지. 난 당신을 편안하게 해 주면 좋아질 줄 알고 계속 당신에게 쉴 것을 권했어. 그러다 어느 날 어떤 영화를 보곤 크게 깨달았지.

정미 : 어떤 영화인데요?

영준 : 휠체어를 타고 지내는 부인이 있었어. 남편은 밖에서 사업을 하면서 바람을 피웠지. 그러던 어느 날 남편이 사라졌어. 사람들은 그가 사람을 죽이고 자기도 자살했을 거라고 했지. 남편이 없어지자 어느 날 그 부인이 휠체어에서 일어나 걷는 거야. 의지할 수 있는 사람이 없으니 스스로 문제를 해결하기 시작한 거지. 부인은 집안 경제를 돌보기 시작했고 다른 남자들과 섹스도 활발하게 했어. 그러나 남편은 사라진 게 아니었어. 이웃집에서 숨어 지낸 거지. 남편은 부인이 달라지는 모습을 숨어서 계속 지켜봤어. 어느 날 남편은 자유의 몸이 됐어. 사람을 죽인 진범이 잡혔거든. 남편은 집으로 돌아왔고, 부인과 격렬한 섹스를 나누며 영화는 끝나. 그 후 나에겐 궁금증이 하나 생겼어. 만일 내가 당신을 떠나면 당신도 건강해지지 않을까 하는, 그리고 영원히 떠나면 영

원히 건강해지지 않을까 하는.

정미 : 그래서 죽었나요? 제가 건강한 걸 보려고? 말로 했어도 되잖아요. 어떻게 말 한 마디 않고 죽음을 택할 수 있어요?

영준 : 나 혼자만을 위해 그런 결정을 내린 건 아냐. 나름대로 내 궁금증을 풀기 위해 정신과 의사들을 찾아다녔어. 그들은 한결같이 당신의 지나친 의존심을 걱정하더군.

정미 : 그렇다면 차라리 외국으로 달아나지 그랬어요. 죽을 것까지는 없었잖아요.

영준 : 그 생각도 했어. 그런데 한 정신과 의사 얘기를 듣고는 생각이 달라졌어. 그는 이렇게 말하더군. 쥐를 물 한가운데 떨어뜨려 놓으면 파닥거리다가 죽는데. 그런데 죽기 직전에 몇 번 구해 주면 그 파닥거리는 시간이 점점 길어진다더군. 즉 의존심은 목숨보다도 강하다는 거야. 일단 의존심에 길들여진 인간을 고칠 길은 없어. 목숨 이상으로 의존할 테니까. 그래서 나는 목숨을 끊기로 결심했어. 내가 죽으면 당신은 의존하려고 해도 절대 의존할 수 없을 테니까. 나는 당신이 그 영화 속의 여주인공처럼 건강해지길 바라며 목숨을 끊었어. 내가 말했잖아. 당신을 내 목숨보다 더 사랑한다고. 당신을 위해서라면 내 목숨은 얼마든지 내놓을 수 있어.

정미 : 잘못했어요, 내가 잘못했어요. 내가 너무 게으르고 꾀만 부렸어요. 다신 그러지 않을 테니 제발 돌아와요.

212

영준 : 사랑해. 이승에서의 만남은 짧게 끝났지만 우린 다시 사랑할 수 있을 거야. 인생은 영혼의 기준에서 보면 2~3초 정도로 짧아. 당신이 남은 인생에 최선을 다해 영적으로 성숙해지길 바라. 그럼 우린 보다 길고 영원한 영혼의 사랑을 시작할 수 있을 거야. 사랑해. 우리 건강하게 다시 만나자.

(영준, 정미의 얼굴에서 손을 뗀다.)

정미 : (깜짝 놀라 눈을 뜨며) 성철 씨.

(그러나 눈앞에는 하얀 옷의 영준이 서 있다. 정미, 어리둥절하게 주위를 둘러본다.)

영준 : 성철 씨 영혼을 만났나요?

정미 : 네, 그이는 어디 있죠? 빨리 그이를 불러주세요. 아직 하고픈 얘기가 많다고요.

영준 : (귀를 기울여 누군가의 목소릴 듣는 듯하더니) 내년 이맘때 다시 오겠다고 하는군요. 그때까지 열심히 살래요. 자기 몫까지.

정미 : 안 돼요. 지금 당장 만나야 해요.

영준 : (귀 기울이며 성철의 목소리로 말한다.) 당신은 그게 문제야. 당신 뜻대로 하기 위해 수단 방법 안 가리고 상대를 괴롭히지. 당신 뜻이 관철될 때까지. 상대는 귀찮아서 아니 달리 도망갈 데가 없어서 당신 뜻을 들어 주지. 하지만 이젠 불가능해. 난 얼마든지 도망갈 수 있으니까.

정미 : 성철 씨. (주저앉아 흐느낀다.)

객석의 불이 켜진다. 보호자가 올라와 흐느끼는 정미를 안고 무대
뒤로 나간다.

황 씨의 후회

황 씨는 올해 환갑을 바라보고 있
다. 그러나 그의 마음은 지금 문자 그대로 죽을 지경이었다. 딸자식
의 혼사 때문이다. 몇 년 전 정년퇴직을 한 뒤로 황 씨는 실업자로
살고 있다. 퇴직 후 사업을 벌여 그나마 받은 퇴직금까지 날리는 경
우를 많이 봐 온지라 사업은 엄두도 내지 못하고 있다. 이따금 복권
이나 몇 장 사서 행여나 하는 기대를 하는 게 황 씨가 그나마 갖고
있는 욕심의 전부다.

황 씨는 나름대로 지금까지의 삶에 만족하고 있었다. 착한 마누라
와 아들, 딸 잘 낳고 남들에게 욕 먹지 않으며 무난하게 살아왔다고

자부한다. 너무 사람을 믿은 탓에 빚보증을 서주었다가 빚더미에 올라앉을 뻔한 일이 있긴 하지만 아내의 슬기와 인내로 무난히 넘길 수 있었다. 아내를 잘 만난 것은 황씨 평생의 복이라 생각했다. 아내는 황 씨를 최고로 알면서 남편의 뜻을 거스르지도, 남들에게 손가락질 받을 짓도 하지 않았기 때문이다. 아내는 한 마디로 지혜로운 여자였다. 그래서 황씨는 자식들 교육 문제나 결혼 문제에 관해선 별 걱정을 하지 않았다. 그런데 일이 터지고 만 것이다. 딸자식이 아이까지 있는 유부남과 사랑에 빠지고 만 것이다.

황 씨는 동네 창피한 일이라 얼굴도 들지 못할 지경인데 그 상대란 놈은 뻔뻔하게 사랑을 들먹이면서 부인과 이혼할 테니 딸과의 결혼을 허락해 달라고 했다. 기가 막힐 노릇이었다. 어떻게 키운 딸인데 헌 남자가 데려가겠다는 건지……. 사실 지금 황 씨는 그놈과 담판을 짓고 돌아왔다. 그런데 더욱 화가 나는 것은 딸을 포기하라고 하자 그렇게 반대하신다면 포기하겠다고 순순히 대답했다는 것이다. 인면수심도 정도가 있지 어떻게 그렇게 뻔뻔할 수 있는지. 황 씨의 상식으론 상상도 못할 만큼 부도덕했다.

황 씨는 오늘 일을 겪으며 많은 생각이 들었다. 저 놈이 내 딸년을 건드려 놓고 저렇게 뻔뻔하게 나오는 것은 보나마나 내 딸이 아니어도 앞으로 잘 살 자신이 있기 때문이리라. 결혼하는 데 자꾸 문제가 생긴다면 굳이 귀찮게 결혼하지 않고 포기할 건 빨리 포기하자는 심산인 것이다. 자식까지 딸린 놈이 어쩜 저렇게 당당할 수 있을까. 번듯한 직장, 집, 재산, 일할 수 있는 젊음만 있다면 얼마든지 잘 살 자신이 있다는 것인가? 체면이나 도덕, 남들의 이목 같은 건 살아가는 데 아무런 문제도 되지 않는단 말인가?

황 씨는 평생 남의 이목에 신경 쓰면서 법 없이도 살 사람이라는 칭송을 받아온 자신의 인생이 허무해 지는 것을 느꼈다. 도대체 그렇게 해서 지금 나에게 남은 게 뭐란 말인가? 실업자, 그리고 속 썩이는 딸자식뿐이지 않은가.

황 씨는 갑자기 자신의 여생을 이렇게 만든 사회가 원망스러웠다. 이 사회는 도대체 늙은 사람은 사람 취급을 하지 않는다. 일 못하는 사람은 빨리 죽는 게 이 사회가 바라는 것이다. 언젠가 일본에 갔을 때 늙은 사람들이 열심히 잡무를 하는 것을 보고 부러웠던 적이 있다. 그런데 이 나라는 노인네들을 완전히 귀찮은 사람 취급한다. 일도 맡기지 않고, 대접은커녕 어린애 다루듯 하며, 그저 자기네들끼리만 희희낙락한다. 만일 나도 딸년의 그놈처럼 이기적으로 살았다면 말년이 이렇게 되지는 않았으리라. 괜히 다른 사람 배려하고 눈치 보고 조직을 위해 충성을 다한 결과가 고작 이거란 말인가.

지금 세상은 일(업무)을 중심으로 모든 관계가 이루어지고 있다. 일 중심의 사회에서는 과거와 달리 부모 자식 관계나 부부 관계가 맹목적이지도, 끈끈하게 엮여 있지 않은 경우도 많다. 오히려 일이 공유되는 선에서 만남이 잦고 배려하고 존중하는 사이가 된다. 그러니 일이 없는 사람은 소외당할 수밖에 없다. 이제는 나이가 들었다고 권위를 인정받지도, 존중받지도 못한다. 또 권위를 인정해 달라고 설득할 자신도 없다. 컴퓨터 앞에서 펄펄 나는 젊은 애들을 볼 때마다 주눅이 들고 열등감이 생기는 것은 어찌할 수가 없다. 명예퇴직을 권유받자마자 도망치듯이 퇴직한 것도 이런 마음 때문이다. 세상은 지금 집단 중심에서 개인 중심으로 바뀌고 있다. 회사만 믿고 발 빠르게 대처하지 못한 게 후회스러울 뿐이다. 가만히 있는데 이리 받치고 저리 치이니 더더욱 분통이 터진다.

그 유부남 놈은 평생 발 빠르게 살며 제 이익을 챙길 것이다. 그러니 처자식이 있는데도 처녀에게 당당히 구혼을 하지. 어쩌면 차라리 그런 놈에게 딸을 맡기는 것이 앞으로의 세상에서 딸의 행복을 보장해 주는 길일 것 같기도 하다. 나처럼 살아봤자 나이 쉰에 명예퇴직이나 당하지. 황 씨는 후들거리는 손을 바라보면서 만일 나에게 또 한 번의 인생이 주어진다면 절대 이번 생처럼 회사와 사회에 충성하면서 살지는 않으리라 다짐한다.

당신은
왜 날 사랑해?
그냥

당신은 왜 날 사랑해?

그냥!

당신은 왜 날 사랑해?

그냥.

당신은 왜 날 사랑해?

그냥~

당신은 왜 날 사랑해?

……

당신은 왜 날 사랑해?

……

당신은 왜 날 사랑해?

……

난 그냥 외의 답은 할 수가 없어요.

마음이 너무 벅차서, 심장이 터질 것 같아서.

나를 이 사랑으로 이끈 것은 내 선택이 아닌 내 영혼의 선택이니까.

오랫동안 순수한 믿음을 갈무리한 당신. 그런 당신을 어떻게 사랑하지 않을 수 있으리오.

당신은 왜 날 사랑해?

그냥.

아마도 전생에 난 당신보다 더한 여자를, 더한 남자를 찾아 당신을 떠났었나 보오.

그러나 당신보다 더한 남자, 더한 여자는 없었기에 이번 생에 당신을 붙잡았나 보오.

당신은 왜 날 사랑해?

……

내 사랑이 얼마나 큰지 당신께 보여드리리다.

당신을 사랑하니 내 영혼은 순수하게 안정되면서 무슨 일이든 할 수 있게 되었소.

당신의 의구심과 불안을 내 곧 잠재워 드리리다.

현실과의 싸움이 치열하지만 당신께 한 약속 잊지 않으리라.

내 사랑이, 우리 사랑이 얻은 결실 당신께 모두 돌려드리겠습니다.

아마도 그 결실에는 세상의 모든 영광, 환희가 다 깃들어 있을 거예요.

그만큼 당신이 내게 준 사랑은, 당신으로 인해 일깨워진 사랑은 크고도 크니까요.

당신 왜 날 사랑해?

그냥

난 이 말밖에 할 수가 없어요. 내가 사랑하는 것보다 내 영혼이 사랑하는 게 더 크고 내 영혼의 선택은 아직 송두리째 알 수는 없으니까요. 그러나 한 가지 사실만은 분명하게 알 수 있어요. 내 영혼의 선택은 잘못되지 않았음을. 하루하루 살면서 당신을 사랑한 게 얼마나 큰 축복인지 새롭게 깨닫고 감사하니까요.

당신 왜 날 사랑해?

그냥

아마 당신도 알 수 있을 거예요. 내가 왜 당신을 사랑하는지.

당신의 영혼 또한 그렇게 날 사랑하고 있으니까요.

우리는 당신과 나의 영혼의 사랑 놀음에 놀아나고 있는 거예요.

언젠가 우리 사랑의 모든 빛이 드러나는 날 영혼들은 우리에게 감사할 거예요.

사랑해 줘서 고맙다고, 사랑을 지키고 가꾸고 발전시켜 줘서 고맙다고.

덕분에 우리는 더 맑고 환하게 빛나게 됐다고.

당신 왜 날 사랑해?

모르겠어요. 하지만 알겠어요.

내 영혼이 당신을 얼마나 사랑하는지, 당신을 얼마나 꽉 붙들고 있는지를.

내 영혼은 그 어느 때보다, 그 누구를 만났을 때보다 순수하게 타오르고 있어요.

영혼의 타오름이 주는 깊은 안정

나는 무엇이든 할 수 있고 내 영혼 밑바닥까지 타오를 수 있어요.
다 당신 때문이죠.

당신 왜 날 사랑해?

당신은 순수하니까. 당신은 순수한 믿음을 갖고 있으니까. 당신은
내 에너지의 원천이니까. 당신은 나보다 더 날 사랑하니까. 당신은
세상의 그 누구보다 날 선택했으니까. 당신은 누구보다도 날 더 잡
아주니까. 당신은…… 그냥

마음의 환기가
필요할 때

내 어머니의 고향은 제주도다. 고산에서 살다가 아버지를 만나 서울로 왔다.

엄마는 서울로 가기 싫었지만 아버지가 눈물을 흘리면서 애원해 할 수 없이 따라나섰다고 한다. 부모님은 서울로 와 3남 1녀를 낳아 키우면서 열심히 사셨다. 사람은 서울로 보내고 말은 제주도로 보내라는 말을 실천이라도 하듯 열심히 사셨다. 어머닌 서울에서 온갖 고생을 하며 3남 1녀를 다 대학에 보냈지만 항상 입버릇처럼 제주도에 가서 살고 싶다고 하셨다. 공기 좋고 물 좋고 인심 좋은 제주를 늘 꿈꿨다. 그러면서 나에게도 당부하셨다. 너도 아이들 키우려면 제주도에 내려가서 병원 열고 살라고.

이렇게 항상 제주도를 그리워하시는 어머니를 모시고 영화 〈인어공주〉를 보러갔던 기억이 난다. 벌써 십 년 전 일이다. 영화는 연순(고두심 역)이 상갓집에서 영정을 붙들고 꿰간 돈 내놓으라고 절규하는 장면으로 시작된다. 연순은 목욕탕에서 때밀이 일을 하면서 손님들과 머리채를 잡고 싸우기도 하면서 억척스럽게 산다. 그런 연순에게 가장 불만스러운 것은 남편 진국이다. 착하기만 해서 거절 따위 하지 못하고, 남에게 돈을 꿔주는 통에 집안 살림은 거덜이 났다. 진국이 중병에 걸렸건만 연순의 화는 풀리지 않는다. 그런 부모를 보고 자란 딸 나영(전도연 역)에게 결혼과 부모는 지긋지긋할 뿐이다. 어떻게 저렇게 돈밖에 모르고 살지. 저들에게도 사랑이 있고 순수가 있었나? 난 절대로 결혼하지 않을 거야! 그러다 아버지가 가출을 하게 되고, 나영은 아버지를 찾아 옛 고향인 제주도로 간다. 거기서 나영은 젊었을 때의 엄마를 만나게 된다. 순수하고 착하기만 한 엄마. 당시 집배원이었던 아빠와 앳된 시골 처녀 어머니의 순순하고 열정적인 사랑을 보면서 나영은 크게 감동하고 인간과 사랑에 대한 믿음을 회복한다.

영화를 보고 나오는데 어머니가 이렇게 말씀하셨다.

"내 팔십 평생에 정말 좋은 영화를 봤다. 마치 내 젊었을 때 모습을 보는 것 같았다. 어렸을 때 내가 해녀 했던 것과 똑같다."

어머니가 서울에 살면서도 그리워했던 것은 무엇이었을까? 서로 믿고, 자연과 더불어 착하고 인간적으로 사는 삶이었을 것이다. 지금도 고산 이모 댁에 가면 아직도 문을 열어놓고 다닌다. 지갑도 방안에 그대로 둔 채.

그토록 순수하고 곱고 착하기만 했던 연순을 돈밖에 모르고 착한 것에 치를 떠는 억척으로 바꾼 것은 서울 생활이었다. 눈 감으면 코 베어간다는 살벌한 경쟁터인 서울이 마음의 여유를 허락하지 않은 것이다.

인간은 법과 도덕에 의해 통제되는 것 같지만 사실 인간의 마음속에는 법과 도덕을 뛰어넘는 원시 본능이 있다. 원시 본능은 원시 성욕과 공격성으로 이루어져 있는데, 인간은 인간에게 안전한 존재인 것 같지만 사실은 지극히 두렵고 무서운 존재다. 길고 긴 원시 시대 동안 낯선 상대는 무조건 적이라 생각되면 죽이고 강간하며 지내왔기 때문이다. 그런 원시 본능을 확실하게 억압할 수 있는 것은 가혹한 법과 도덕이 아니라 '함께'라는 공동체 의식이었다. 인간이 동물을 넘어 만물의 영장이 될 수 있었던 것은 집단, 즉 공동체를 이루게 된 뒤였고 그 역사는 원시 본능 못지않게 오래되었다. 공동체는 서로 감시하고 견제하며 못된 사람에게는 가혹한 벌을 내리고 착한 사람에게는 상과 칭찬을 주어 공동체 안에서는 착하고 선하게 살 수밖에 없도록 만들었다. 그러나 그 공동체가 비대해져 더 이상 인간적인 감시와 견제를 할 수 없게 되면서 문제가 생겼다. 그동안 눌러 놓았던 원시본능이 꿈틀대기 시작한 것이다. 착하게 살아봤자, 공동체를 위해 일해 봤자 돌아오는 건 없고 피해만 본다는 생각이 들면서 더 이상 공동체에 의지하기보다는 스스로 생존할 길을 찾기 시작한 것이다. 순수한 소녀 연순이 돈과 자식밖에 모르는 억척엄마로 변신한 것처럼.

예방의학에 '군집독'이라는 말이 있다. 많은 사람이 모여 있는 곳에서 오염된 실내 공기로 인해 불쾌감이나 두통, 권태, 현기증, 구기, 구토, 식욕 저하 등의 증세가 나타나는 것을 말한다. 인체에서 발산되는 열 때문에 실내 온도가 상승하고 공기 중의 수증기나 땀 때문에 습도가 상승해서 발생하는 증상이다. 이런 군집독을 예방하는 방법으로 가장 중요한 것은 환기다. 이는 마음에도 적용된다. 다수인이 밀집하면 언제 어디서 어떤 공격이 닥쳐올지 모르니 방어하고 경계하고 의심하면서 싸울 준비를 갖춰야 한다. 그러자면 항상 긴장해 있어야 하므로 자율신경계의 지속된 항진으로 자기도 모르게 심신이 피로해진다. 어머니가 나에게 제주도에서의 삶을 끊임없이 당부하는 것도 그래야 마음 편히 오래 살 수 있다고 믿기 때문일 것이다. 서울은 비대할 만큼 비대해졌고 서울에 사는 사람들은 긴장 속에서 날이 갈수록 심신이 피로해지는 것을 느끼고 있다. 환기가 필요한 것이다. 그 환기를 제대로 할 수 있는 길은 아마도 그들에게 여유 있는 공동체를 찾아주는 것이리라. 서로 믿고 마음 놓고 살 수 있는 공동체를.

남자는 욕망을,
여자는 사랑을
버리지 못한다

파도가 밀려오는 섬. 그 섬 위쪽으로론 커다란 동굴이 하나 있다. 동굴 속에서 남루한 옷차림의 진명이 고개를 내민다. 진명이 주위를 살피자 어디선가 붉은 빛이 쏟아지면서 푸드득거리는 소리가 울린다. 붉은 빛이 점점 주위를 새빨갛게 물들이자 황급히 굴 속으로 몸을 숨기는 진명. 이와 동시에 어디선가 참혹한 비명 소리가 들려온다. 붉은 빛이 지나가자 진명이 한숨을 쉬며 다시 고개를 내민다.

"고약한 놈의 새 같으니라고. 내 언젠가는 반드시 너를 타고 하늘로 오르고야 말겠다."

섬 언저리에서 한 남자가 온몸에 온통 화상을 입은 채 비틀비틀 걸어 나온다. 그의 곁으로 거의 타버린 성경 한 권이 굴러 떨어진다.

진명, 안 됐다는 듯이 혀를 찬다.

"쯧쯧, 어리석은 인간 같으니라고. 불새를 맨 눈으로 보려고 하니 만날 저 꼴이지."

남자는 몸을 뒤틀며 신음을 발한다.

"나, 나 좀 어떻게 해 줘요. 온몸이 다 타버릴 것 같아요."

진명이 담담히 말한다.

"이젠 어쩔 수 없어. 당신 몸은 아무짝에도 쓸모가 없어."

남자는 불에 타 짓무른 몸을 이리저리 쥐어뜯다가 쓰러진다.

"아……, 하필이면 왜 나한테 이런 고통을 주는 거야. 왜 나한테……"

"당신은 아무 잘못이 없어. 육체에 너무 집착하지 마."

"아아악"

남자는 여전히 몸을 쥐어뜯는다. 손에 잡히는 대로 옷과 살점이 떨어져 나간다.

"날 좀 도와줘, 날 좀……."

진명이 염불을 외듯 중얼거린다.

"사람은 누구나 죽지. 그러나 정말 죽는 사람은 아무도 없어. 생명은 불새처럼 영원한 거니까."

"날 좀 어떻게 해 줘. 날 좀. 난 잘못한 게 없어!"

남자는 동굴로 기어 올라간다.

"생명의 영원함을 믿지 못하는 유일한 존재는 인간뿐이지. 우주에 존재하는 유일한 바보들. 그저 눈에 보이는 것만 전부인 줄 아니까."

동굴 밖으로 고개를 내밀고 있던 진명은 가까스로 동굴 입구까지 기어 올라온 남자를 확 밀어버린다. 남자는 가쁜 숨을 몰아쉬다 이내 숨을 거둔다.

이때 요란하게 울려오는 소리. 까아아앙, 까아아앙.

"이크,"

진명이 황급히 동굴 속으로 몸을 숨긴다. 동굴 속은 캄캄하다. 동굴 밖으로 한 줄기 붉은 빛이 하늘로 치솟는다. 진명은 동굴 더 깊숙이 들어간다. 여기저기 널려 있는 해골바가지. 똑똑 떨어지는 낙숫물 소리. 멀리서 불새의 울음소리가 아련히 들려온다. 진명은 김이 모락모락 나는 해골바가지를 손에 들고 중얼거린다.

"이젠 좀 지겹군. 나도 삶으로 여행이나 한번 떠나볼까? (고개를 설레설레 저으며) 아니야, 여행이라고 해 봤자 별 거 있겠어. 여행 갔다 온 사람치고 좋다고 한 사람 하나 없었어. 여기서 좀 더 기다리다가 불새를 타고 하늘로 오르는 게 나아. (해골을 향해) 이봐, 목사양반! 자네는 이곳에 와보니 어떤가?"

해골이 말을 한다.

"아직 잘 모르겠어. 그런데 편하긴 하군. 몸의 고통이 없어지니 말이야."

"그것도 좀 있으면 지겨울 거야. 다시 삶으로 돌아가고 싶지 않은가?"

"그런 얘긴 하지도 말게. 난 생전에 무척 고생했어. 그 지긋지긋한 인생으론 다시 돌아가지 않겠어."

"그래도 가끔씩은 살았을 때가 그리울 거야."

"아니, 절대 그렇지 않아."

그 순간 목사의 영혼이 나타난다. 단정한 모습이다. 목사가 진명이 들고 있는 해골을 바라보며 묻는다.

"이게 나인가?"

"그렇다네. 불타버린 자네의 흔적일세."

"언제까지 여기에 있어야 하나?"

"언제까지라니?"

"빨리 천국으로 들어가야 할 것 아닌가?"

"천국?"

"나는 살아생전에 무진 고생을 해 가며 좋은 일만 했네. 그러니 죽으면 천국으로 가야지."

"천국이 뭐야?"

"천국도 모르나, 자네는?"

"글쎄, 가끔 사람들이 찾긴 하더군. 여기 그런 것 없다네. 여기엔 불새밖에 없네."

"불새? 아까 그 시뻘건 큰 새 말인가? 무척 무섭던데. 그런데 그 새는 도대체 무슨 새인가?"

"나도 잘 모르네. 옛날부터 이 섬에 있었다는 것밖에는."

"빨리 하나님의 나라로 들어가고 싶군. 살아 있을 때 가난하고 불쌍한 사람들을 위해 그렇게 애썼으니 하나님께서 무척 아껴주실 텐데."

"이곳도 그리 심심하진 않을 거야. 자네가 원하는 것은 모두 있으니. 환상 속에 없는 게 없지. 죽으면 모두 여기로 오게 돼 있어. 환상의 섬인 이곳으로."

"뭐라고? 말도 안 돼. 난 천국으로 가게 되어 있다고."

이 말과 함께 목사의 영혼이 사라진다.

"흠, 자기가 환상인 것을 깨달으려면 좀 더 시간이 필요하겠군. 다른 사람과 얘기해 볼까. (진명, 다른 해골을 하나 집어 들며) 이봐요, 당신은 어떻게 해서 이리로 왔죠?"

여자 목소리를 내는 해골이 대답한다.

"저요? 사회에서 더 이상 견디기가 힘들어서요."

"왜? 누가 못살게 굽디까?"

"아뇨, 사회가 나를 바라보는 시선이 견디기 힘들었어요."

"무슨 잘못이라도 저질렀나요?"

순간 검은 옷의 여인이 나타난다.

"이봐요, 여기까지 와서 그 괴로운 추억을 되씹고 싶진 않아요."

"아, 미안해요, 난 그냥 심심해서."

"그렇다면 잠이나 잘 것이지 왜 남의 아픈 상처는 건드리고 그래요."

"(하품을 하며) 그렇군요, 자야 되겠군요. 그럼 난 이만 잘 테니 나중에 봐요."

진명, 해골 더미로 쓰러져 잠든다.

"아, 이럴 수가. 죽으면 이 지옥 같은 마음의 고통에서 벗어날 줄 알았는데 여전히 그이 생각이 떠나지 않다니. 아, 당신은 어쩜 그렇게 야속할 수 있나요. 당신은 아시나요, 이 고통을. 짐작이나 하시나요, 이 암흑 같은 심정을. 당신 품에서 잠들지 못할 바엔 차라리 죽음을 택해야 했던 이 절박함을 아시나요. (눈물을 흘리며) 야속한 사람! 사랑해요. 사랑해요. 사랑해요."

진명, 흥얼거리듯 잠꼬대를 한다.

"죽어서도 남자는 욕망을, 여자는 사랑을 버리지 못하는군. 그 집착 때문에 심신이 병드는 것도 모르고. 사람들은 왜 여유 있게 살지 못하는 걸까. 어차피 다 마찬가진데. 인생은 운명이라는 순리에 떠

있어 욕심 부린다고 얻는 것도 아니고 포기한다고 잃는 것도 아닌데. 그래서 이승에서는 의사가, 저승에서는 불새가 있는 게 아닐까? 욕망과 사랑을 적절히 조절하고 남김 없이 태워 버리라고."

프리티 우먼이
되려면

아들이 여자 친구를 만나느라 바쁘다.

"아빠, 난 왜 교사들만 걸리지?"

아마도 중고등학교에서 초등학교 교사까지 교사만 소개 받나 보다. 난 점잖게 충고했다.

"순수하고 소통이 잘되는, 사회성 좋은 여자를 만나. 다른 건 아무것도 필요 없어."

아들이 피식 웃으며 대답한다.

"만나고 싶어도 요새 그런 여자가 어디 있어?"

솔직히 의외였다. 조건 좋은 여자를 고르나 했더니 내심 그런(순수하고 소통이 잘되는, 사회성 좋은) 여자를 찾고 있었구나.

난 다시 한 번 충고했다.

"어린 여자를 찾아. 어린 애들 중에 그런 여자가 간혹 있어."

조건이나 외모보다는 진실로 믿을 수 있는 배우자를 만나야 한다. 믿을 수 있는 여자를 찾다 보면 점점 세상 경험이 적은 어린 대상으로 내려가게 된다. 또 소통이 잘되는 여자를 찾아야 한다. 사랑은 항상 함께 있는 것인 만큼 소통이 안 되는 것만큼 불편한 것도 없다. 소통도 어린 상대와 더 잘된다. 나이가 들면 생각도 많고 따지는 것도 많아지기 때문이다.

나이 차이가 많이 나는 커플들에게 나이 차를 느끼지 않느냐고 물어보면 한결같이 대답한다. 나이는 숫자에 불과하다고. 그렇다면 남자들은 왜 나이 차이가 많이 나는 어린 여자를 선호하는 걸까? 싱싱한 여성성과 생명력 때문이기도 하겠지만 무엇보다 순수함을 간직하고 있기 때문일 것이다.

영화 〈비포 미드나잇Before Midnight〉을 보면 줄리 델피가 순진한 척 남자에게 귀 기울이는 장면이 나온다. 남자와 치열하게 싸우다가도 남자가 사랑스러우면 갑자기 순진한 여자로 돌변해 아무것도 모르는 척 남자에게 귀를 기울이는데, 이 장면에서 여자들은 탄성을 쏟아낸다. 그런 여우같음의 가치를 인정하는 것이다.

여자라면 누구나 젊고 아름답기를 원한다. 그러나 그 젊음과 아름다움은 신이 일시적으로 준 축복인지라 두 번 다시 받을 수 없다. 그 젊음과 아름다움을 영원히 간직하는 비결이 있는데, 바로 믿음과 소통을 소중히 하는 것이다. 사람에 대한 순수한 믿음을 잘 간직하고 소통 능력을 꾸준히 계발하면 언제까지나 남자들에게 사랑받는 프리티 우먼이 될 수 있을 것이다.

사랑은
진화하려는 여자와
해야 한다

"며느리 감으로 어떤 여자가 들어
와도 좋지만 상처 많은 아이는 싫어요."

아들을 둔 한 엄마의 말이다. 일리가 있다. 상처가 많은 사람은 사
람을 잘 믿지 못하고 계산에 능하다. 현실적으로는 이득을 더해 갈
지 몰라도 마음은 늘 빈곤하다. 그러다 보니 날이 갈수록 서로 엇나
가 관계가 피폐해지는 경우가 많다. 물론 꼭 그렇다는 것은 아니다.
어릴 때 큰 상처를 받았지만 그것을 잘 극복한 사람도 많기 때문이
다. 그녀는 상상을 초월할 정도로 좋은 여자일 수 있다. 수많은 어려
움을 겪으며 성숙해졌기 때문이다. 그런데 좋은 여자와 나쁜 여자를

구분 짓기란 참으로 어려운 일이다. 사실 세상에 좋은 여자, 나쁜 여자는 따로 없다. 각기 다른 인생이 존재할 뿐이다. 내가 볼 때 좋은 여자와 나쁜 여자는 사랑하기 좋은 여자와 사랑하기 나쁜 여자가 아닌가 싶다. 진화하는 여자는 사랑하기 좋은 여자고 퇴화하는 여자는 사랑하기 나쁜 여자다.

사이코드라마의 창시자인 야곱 레비 모레노Jacob Levy Moreno는 이렇게 말했다.

"나는 단지 썩어 먼지로 사라질 육신에 불과한 것인가? 그렇지 않으면 지금 우주로 확장되어 가는 것을 느끼는 이 의식이 바로 실존 그 자체인가? 다시 말해, 나는 보잘것없는 존재인가, 아니면 신인가?"

우주는 138억 년 전 빅뱅으로 탄생해 무한히 팽창하고 있다. 우주가 무한히 팽창할 수 있는 것은 우주가 계속 폭발하기 때문일 것이다. 즉 작게라도 여기저기서 계속 폭발하고 있기에 끝없이 팽창할 수 있는 것이다. 폭발은 극과 극이 충돌해 새로운 힘을 발휘하는 것으로 '사랑'이라고도 할 수 있다. 사랑은 서로 다른 두 남녀가 만나 감동, 섹스, 오르가즘을 통해 폭발해 새로운 자손을 만들어내니 말이다. 그래서 우주는 사랑으로 탄생했고, 사랑으로 영원히 팽창해 간다. 이 사랑하는 존재가 되어 계속 창조하며 나아가는 신이 될지,

아니면 폭발의 파편으로 뒤안길에 남아 먼지로 사라질지는 각자의 몫이다. 사랑은 계속 나아가려는 여자와 해야 한다. 머무르는 가운데는 만남도 창조도 없이 먼지가 되는 일만 남기 때문이다.

드라마 〈세 번 결혼하는 여자〉에서 남편이 바람을 피우자 부인이 이혼을 추진하면서 하는 대화다.

> 남편 : 이게 무슨 멍청한 꼬락서니야. 당신이랑 멋지게, 폼나게 살고 싶었는데, 그림같이 살고 싶었는데 그렇게까지 매몰찰 것 없었잖아. 결국 이게 뭐야. 한 이불 덮고 일 년을 넘게 살았는데 나한테 어떻게 이래? 내가 날마다 딴 짓했어?
> 부인 : 나 지금 아무 말도 안 들려. 그만해.
> 남편 : 잘했다는 건 아니야. 아무튼 서류 정리하기 전에 마음 달라지면 분가해. 당신 딸 데려다가 다시 시작하고. 아니면 내 자식은 내가 키워. 당연히 그래야 해.
> 부인 : 난 자식 낳아 바치러 들어왔구나.
> 남편 : 그렇게 안 돼도 돼. 아직 기회는 있어.
> 부인 : 당신 믿었어. 행복하고 싶었어. 손톱 끝만큼도 의심 안 했어. 왜 그랬어? 그까짓 게 뭐라고. 그게 뭐가 그렇게 중요한 거라고.
> 남편 : 중요한 거 아닌데 당신 왜 이래?

부인 : 남자한테 중요한 거 아닌 그게 와이프 영혼을 찢어. 그 얘기야.

남편 : 성격이 운명이란 말 몰라? 당신은 그 지랄 같은 성격 때문에 망하는 여자야. 똑똑히 기억해 둬.

부인 : 지랄 같은 성격으로 지랄 같이 살다 죽을 거니까 걱정 마.

남편 : 간통하지 마. 위로금이고 나발이고 한 푼도 없어.

이 드라마에서 부인 오은수(이지아 역)는 누구에게나 살살거리며 잘하지만(심지어 전 남편에게까지) 자기가 변화해야 하는 시점에서는 매몰차게 냉혹하다. 첫 남편과는 이상적인 성격에 가까운 시어머니와 시누이를 참지 못해 이혼했고, 두 번째 남편은 바람 피웠다고 이혼한다. 진실과 사랑을 너무 순수하게 간직하고 있어서 그럴 수도 있지만 변화하기를 거부하기 때문일 수도 있다. 이것은 어렸을 때 사랑을 많이 받고 자랐기 때문이다.

사랑을 많이 받고 자란 사람들의 특징 가운데 하나는 자기가 기대하는 만큼의 사랑이 주어지지 않으면 남들을 원망한다는 것이다. 어떤 여자는 남편과 엄마를 제외한 모든 사람을 다 원망했다. 이 사람은 이게 문제고 저 사람은 저게 문제고……. 그러나 자기도 그들과 비슷한 문제가 있다는 것은 모르고 있다. 그러면서 이런 세상에선 못살겠으니 아무도 없는 곳에서 조용히 살고 싶다고 했다. 그러나 그들이 찾는 무인도는 정신병원이나 죽음뿐이다. 이건 지랄같이 살다 죽는 것이다. 지랄같이 살다 죽는다는 것은 사회 속에서 혼자 바뀌지 않고 좌충우돌하며 버틸 때까지 버티다 죽는 것이다.

진화는 지금보다 나아지려는 움직임이다. 나아지려고 하다 보면 내가 생각하는 이상으로 나아진다. 나아가면서 변증법적인 발전을 이루기 때문이다. 거기에는 빛과 건강, 그리고 천사와 천국이 있다. 만나고 폭발하면서 새롭게 초월적으로 나아가는 빛을 계속 만들기 때문이다. 머무르고 피하다 보면 내가 생각하는 것보다 더 많이 후퇴한다. 역변증법적으로 에너지가 팍팍 빠져나가면서 끝없는 어둠 속으로 함몰되기 때문이다. 그 안에는 암흑과 질병, 마귀와 지옥이 있다. 불안, 우울, 강박, 두려움, 환각, 망상도 이럴 때 만들어진다.

사랑은 진화하려는 여자와 해야 한다. 모든 여자가 진화와 퇴화 사이에 있지만 그래도 진화를 선택하는 여자가 사랑하기에 좋은 여자다. 지금보다 나아지려는 여자, 그런 여자와 사랑할 때 모든 게 상상 이상으로 풍성해지며 빛 가운데 살게 될 것이다.

범죄와의 전쟁

날로 늘어나는 정신질환자 범죄에 대처하기 위해 경찰, 정신과 전문의사, 심리학자가 팀을 이루었다.

한낮의 여의도 광장

사람들이 여기저기 모여서 놀고 있다. 자전거를 타는 사람들, 데이트 나온 연인, 나들이 나온 가족까지 평온하기 그지없다. 그때 갑자기 자동차 한 대가 들이닥치더니 사람들 사이를 질주한다. 사람들이 놀라 피하고, 미처 피하지 못한 사람들이 비명을 지른다. 차 안에 있는 사람은 정욱. 차창 너머로 돼지머리, 소머리, 개머리를 한 사람들이 보인다. 그들은 정욱을 향해 비웃고 손가락질한다. 액셀을 더욱 세게 밟는 정욱. 사람들이 깔리고 받치고 튕겨나가고……. 한참을 질주하던 정욱은 가로수를 들이받고서야 겨우 광란의 질주를 멈춘다. 사람들이 몰려가 운전석의 유리를 깨고 정욱을 끌어낸다.

경찰서

(김철웅 형사가 정욱을 조사하고 있다. 강준구 형사반장과 정신과 전문의 병훈이 그 모습을 지켜본다.)

정욱 : 정말이라니까요. 제가 친 건 짐승이지 사람이 아니었다니까요.

(김 형사가 고개를 설레설레 젓는다. 도대체 말이 통하지 않는다.)

강반장 : 쟤 뭘 잘했다고 큰소리야? 사람을 열댓 명이나 치어 놓고.

병훈 : 자기가 본 게 실제니까 그렇지. 정신질환자들은 환각을 실제처럼 느껴.

강반장 : 저런 정신병 범죄는 검거하기 참 쉬워. 저렇게 대놓고 범죄를 저지르니 말이야.

병훈 : 분열증이나 그렇지 성격 장애는 그렇지 않아.

(다른 쪽에선 한 남자가 억울하다는 듯이 소리를 지르고 있다.)

남자 : 아, 정말 강간이 아니라니까요. 합의 하에 했다고요.

수사관 : 그러면 여자가 왜 자살을 해? 당신한테 강간당해서 죽었다고 유서까지 있는데 아니라고?

남자 : 모텔에 팔짱 끼고 들어갔다가 팔짱 끼고 나왔어요. 나와서는 밥도 먹고 노래방도 갔고. (휴대전화를 내보이며) 여기 문자 좀 보세요. 절 사랑한다고 써 있잖아요. 하, 정말 미친년이네. 죽으려면 곱게 죽지 왜 나까지 물고 들어가.

강 반장 : (병훈에게) 저건 어떻게 해석해야 해? 여자가 조울증을 앓았다던데.

병훈 : 조증의 3대 증상이 성욕 과다, 행동 부산, 그리고 말수가 많아지는 거지. 그래서 조울증 환자들은 조증일 때는 섹스를 밝히다가도 울증일 때는 그것을 후회하지. 그러다가 자살을 하기도 하고.

강 반장 : 골치 아프군. 보호자들이 길길이 날뛰던데.

병훈 : 그러니까 미성년자는 함부로 건드리는 게 아니야.

강 반장 : 미성년이라니? 서른이 넘었던데.

병훈 : 나이가 들어도 어린애인 사람들 많아.

강 반장 : 아, 어른아이! 정신과에서는 그런 사람들을 뭐하고 해?

병훈 : 피터팬 신드롬이나 웬디 증후군. 어른아이들은 자기 말과 행동에 책임을 지려 하지 않지. 자기를 애처럼 돌봐주지 않는다고 원망만 하고.

강 반장 : 마음이 어린애 같다고 해서 다 좋은 건 아니군.

246

병훈 : 그럼, 정글에서도 가장 먼저 잡아먹히는 게 어린 동물이야.

강 반장 : 그러게, 축구를 봐도 어리바리하면 금방 한 골 먹히잖아. 근데 숙희 씬 어떻게 됐어? 아직도 아무것도 기억하지 못하나?

병훈 : 아마 심리 검사 결과가 나왔을 걸.

(이때 심리학자 수연이 들어와 심리 결과지와 사진들을 펼쳐 보인다.)

수연 : 이 여자 아무래도 다중인격 같은데요.

(다중인격임을 보여주는 심리 검사지와 전혀 다른 두 여자의 사진이 보인다. 한 여자는 부들부들 떨고 있고 한 여자는 의기양양한 표정으로 웃고 있다. 그 모습이 마치 남자 같다.)

병훈 : 재미있군. 얼굴까지 달라지는 다중인격이라.

강 반장 : 무슨 말이야?

병훈 : (수연이 보고 있는 사진들을 건네주며) 이 두 사람 어떤 것 같아?

(CCTV에 찍힌 장면을 현상한 사진이다. 한 남자가 아기 둘을 안고 나가고 있다. 또 다른 사진엔 숙희라는 여자가 울면서 아기들을 찾고 있다.)

강 반장 : 어떻긴, 유괴범과 피해자잖아.

병훈 : 같은 인물이야. 쌍둥이를 키우면서 스트레스를 감당할 수

없게 되자 다른 인격이 튀어나와 아이들을 유괴한 거야.

강반장 : 뭐? 그럴 수도 있어? 그럼 애들은 어디 있어?

병훈 : 다른 인격이 알겠지? 하지만 절대 가르쳐 주지 않을 걸. 스트레스를 줄이기 위해 튀어나온 인격이니까.

강반장 : 그럼 어떻게 해? 지금 가족들이 난린데.

병훈 : 숨어 있는 제3의 인격을 불러내야지. 두 인격을 관찰하고 있는.

수사실

(숙희, 수연에게 울면서 매달린다.)

숙희 : 제발 저희 아이들 좀 찾아 주세요. 전 아이들 없인 살 수 없어요.

수연 : 네, 곧 찾아드릴 테니 저희한테 협조해 주세요.

숙희 : 네, 시키는 대로 다 할 테니 꼭 좀 찾아주세요.

(수연, 병훈에게 눈짓을 한다. 병훈, 수사실 한 구석으로 의자 하나를 갖다 놓는다.)

병훈 : (숙희에게) 저 의자를 향해 제가 말하는 대로 따라하세요.

숙희 : 네.

병훈 : 옴마니 바나 홈 옴마니 바나 홈.

숙희 : 옴마니 바나 홈 옴마니 바나 홈.

병훈 : 옴마 옴마 옴마.

숙희 : 옴마 옴마 옴마.

병훈 : 옴마 엄마 엄마.

숙희 : 옴마 엄마 엄마.

병훈 : 엄마 엄마 엄마.

숙희 : 엄마 엄마 엄마.

병훈 : 저 의자에 엄마한테 고통 받고 있는 어린 소녀가 있어요. 저 의자에 앉아서 제가 하는 대로 따라해 보세요.

(숙희가 어리둥절해하자 수연이 고개를 끄덕이며 시키는 대로 하라고 한다. 숙희, 조심스럽게 의자로 가 앉는다.)

병훈 : 옴마니 바나 홈 옴마니 바나 홈 옴마니 바나 홈.

숙희 : 옴마니 바나 홈 옴마니 바나 홈 옴마니 바나 홈.

병훈 : 옴마니 바나 홈 옴마 옴마 엄마.

숙희 : 옴마니 바나 홈 옴마 옴마 엄마.

병훈 : 엄마 엄마 엄마. (점점 소리가 작아진다.)

숙희 : 엄마 엄마 엄마 (소리가 작아지다가 갑자기 커진다.) 엄마, 잘못했어요. 제발 절 버리지 마세요.

숙희 : (엄마 목소리로) 안 돼. 엄마 말 안 들으면 엄마 달아날 거야.

숙희 : (본래 목소리로) 엄마 말 잘 들을게요. 시키는 대로 뭐든지 할게요. 제발 절 버리지만 마세요.

숙희 : (엄마 목소리로) 거짓말 마! 넌 언제나 시키는 대로 다 한다고 하면서 항상 엄마를 속였잖아.

병훈 : (엄마 목소리의 숙희에게) 도대체 따님에게 무슨 문제가 있나요?

숙희 : (엄마 목소리로) 당신은 누구죠?

병훈 : 숙희 씨의 정신과 주치의예요. 숙희 씨가 엄마한테 받은 상처로 치료 받으러 왔어요.

숙희 : (엄마 목소리로 히스테리컬하게 웃으며) 치료? 흥! 치료는 내가 받아야 해요. 내가 저 아이 때문에 얼마나 고생했는데.

병훈 : 어떤 고생을 했죠?

숙희 : (엄마 목소리로) 젖 줘, 밥 줘, 진자리 마른자리 다 갈아 줘. 우는 것 달래 줘. 놀아 줘. 뼈 빠지게 고생했다고요. 내 생활은 하나도 없이. 얌전히 혼자 잘하면 좀 좋아?

병훈 : 모든 엄마들이 다 하는 거잖아요.

숙희 : 그런 게 어딨어요. 엄마라고 왜 뼈 빠지게 일만 해야 하죠? 자기 생활도 없으면서. 난 그림을 그리고 싶었다고요. 쟤만 아니었으면 난 유명한 화가가 됐을 거예요

병훈 : 엄마가 아이를 버리겠다는 말이 아이한테 얼마나 큰 상처가 될지 몰랐나요?

숙희 : 몰라요. 내가 더 괴롭다고요.

병훈 : 그래서 아이를 유괴했나요?

숙희 : (엄마 목소리) 뭐라고요? 당신이 그걸 어떻게 알죠?

병훈 : 그냥 물어본 거예요.

숙희 : (엄마 목소리로) 난 한 아이를 키우는 것만으로도 죽을 만큼 힘들었어요. 근데 내 딸은 두 아이를 키우고 있어요. 그래서 내 딸 좀 편해지라고 아기들을 잠시 다른 곳에 맡겨두었을 뿐이에요. 엄마가 그것도 못하나요?

병훈 : 그럼 직접 데려가신 거네요?

숙희 : (엄마 목소리로) 아니, 난 힘들어서 그런 거 못해요.

병훈 : 그럼 다른 사람한테 시킨 거네요.

숙희 : (엄마 목소리로) 그래요. '해 주세요'에게 부탁했어요. 걔들은 뭐든지 다 해 주니까요.

병훈 : 네, 알았어요, 엄마, 이제 다시 제 말을 따라하세요. 엄마 엄마 옴마 옴마 옴마니 바나 홈 옴마니 바나 홈.

숙희 : (엄마 목소리로) 뭐하는 거죠? 엄마 엄마 옴마 옴마 옴마니 바나 홈 옴마니 바나 홈.

병훈 : 옴마니 바나 홈 옴마니 바나 홈 옴마니 바나 홈.

숙희 : (엄마 목소리로) 옴마니 바나 홈 옴마니 바나 홈 옴마니 바나 홈. (차츰 본래 목소리로 돌아온다.)

병훈 : 수고하셨어요.

(병훈이 수연에게 손짓을 하자 수연이 숙희를 의자에서 일으켜 본래 자리로 데려가 앉힌다. 숙희는 어리둥절해하다가 수연을 향해 쓰러진다. 갑자기 힘이 빠진다. 강 반장이 깜짝 놀라 들어온다.)

강 반장 : 뭐 한 거야?

병훈 : 근처에 '해 주세요'라는 곳 알아봐. 아이들은 거기 있을 거야.

강 반장 : (깜짝 놀라며) 뭐?

(강 반장은 부하 경찰들을 시켜 근처에 있는 '해 주세요'란 곳을 찾게 했다. 곧 아이들을 찾았다는 연락이 왔다.)

강 반장 : 어떻게 알았어? 둘이 한 사람이라는 걸?

병훈 : 사진에서 남자가 아이들을 안고 나가는데 아이들이 방실방실 웃고 있잖아. 재밌다는 듯이. 그 남자가 낯선 사람이 아니란 뜻이지. 그래서 심리 검사를 의뢰한 거야.

강 반장 : 옴마니 바나 홈은 뭐야? 너 명상하냐?

병훈 : 명상은 무슨. 엄마랑 발음이 비슷하니까 해 본 거지. 최면을 건 거야. 다중인격자들은 최면에 잘 걸리거든.

강 반장 : 고맙다, 네 덕분에 평점 또 올라갔다. 술 한 잔 살게.

강 반장이 실내 포차로 들어선다. 병훈, 수연, 김철웅 형사는 이미 갈비를 먹으며 소주를 마시고 있다. 강 반장이 신문을 내려놓는데, 신문 속 큰 글씨들이 튀어나올 듯하다.

정신질환 범죄자 10년 새 3배 '또 다른 폭탄',

정신질환자 잇단 묻지마 범죄 "불안"

정부, 정신질환으로 인한 범죄 처리하는 수사대(멘붕 수사대) 발족

강 반장 : (짜증내며) 하, 짠돌이 같은 정부. 신문엔 대문짝만 하게 광고하면서 인원은 고작 우리 네 명이야?

철웅 : 그래도 건물 안에 방이라도 내주지 않았습니꺼?

강 반장 : 이러니 대한민국에서 강력 범죄가 안 없어지지. 일하는 사람이 신바람이 나야지, 신바람이. (병훈을 향해게) 근데 넌 뭐가 좋아서 실실대나?

병훈 : 재밌잖아, 이런 팀이 조직됐다는 것이. 우리 열심히 해 보자 구. 혹시 알아? 나중에 건물이라도 하나 내줄지.

철웅 : 근데 병원 접어도 괜찮겠습니꺼? 요즘 정신과 인기 짱이라 던데.

병훈 : 괜찮아요. 돈 떨어지면 아르바이트 하죠 뭐.

철웅 : 그건 불법입니더. 공무원은 겸직 못합니더.

병훈 : 그럼 사건 열심히 해결해서 촌지 받죠 뭐.

철웅 : 그것도 불법입니더. 사건과 관련해 선물은 못 받게 돼 있습

니더.

병훈 : 그럼 경찰들은 뭐 먹고 살아요?

준구 : 그러니 비리가 많지. 먹고 살게 해 줘야 비리가 없지.

병훈 : 그럼 우리도 몰래몰래 비리 저지르며 살지.

철웅 : 그건 안 됩니더. 제 자존심에 먹칠하는 짓은 하고 싶지 않습니더.

병훈 : (혀를 차며) 하, 저렇게 고지식하니 정신병에 걸리지.

철웅 : (놀라며) 네? 제가 정신병이 있습니꺼?

병훈 : 강박증!

철웅 : 네? 강박증이 뭡니꺼?

병훈 : (수연을 보며) 그건 당신이 좀 설명해 주지.

철웅 : 당신이예? 둘이 사귑니꺼?

강 반장 : 그만 좀 캐물어라. 개인정보보호법 모르냐? (병훈을 보며) 아무튼 고맙네. 선뜻 응해 줘서. 워낙 박봉이라 지원자가 없을 줄 알았는데. 그리고 김 형사에게 말 놔라. 나이도 한참 어린데.

병훈 : 그러지 뭐. 자, 건배! 멘붕 수사대를 위하여!

(다같이 잔을 들며 '위하여'를 외친다.)

멘붕 수사실

벽에는 '묻지마 범죄 사진'들이 붙어 있다. 무작정 교내로 들어가

초등학생들에게 흉기를 휘두른 고등학생, 길거리에서 닥치는 대로 사람들에게 칼을 휘두르는 정신질환자, 대낮에 칼부림을 벌인 40대 은둔형 외톨이, 성욕 때문에 젊은이들을 마구 찔러 죽인 노인 어부의 사진까지.

강반장 : 십 대에서 육칠십 대 노인까지 정신질환 환자들의 묻지마 범죄가 계속 늘고 있어. 사람들의 불안도 커져 가고 있고. 당국은 우리한테 이걸 해결하라는데 뾰족한 수가 없을까?

병훈 : 없어. 범죄를 저지를 때마다 족족 잡아들이는 수밖엔. 자기 컨트롤이 안 되는 사람들은 억지로 컨트롤시키는 수밖엔 없어. 그래서 교도소라는 제도가 생긴 거 아닌가. 컨트롤 못하는 정도에 따라 형량도 제각각이고.

강반장 : 하지만 심신 상실 상태에서 저지른 범죄는 처벌이 안 되잖아.

병훈 : 그런 경우는 그렇게 흔치 않아. 자기가 범죄를 저지른 사실을 자기도 모를 정도가 되어야 하니까. 자기 행동에 책임을 지게 해야 당사자도 성숙해지고 사회도 발전하는 거야.

철웅 : 맞심더. 정신질환자라고 절대 봐 주면 안 됩니더.

수연 : 특히 성범죄는 엄격히 다뤄야 해요. 그래야 사회에 경종을 울리죠.

병훈 : 그러기 위해서는 성범죄를 이용하는 여성들에게도 단호해야 해. 요즘 성범죄 처벌이 강화되면서 그걸 이용하는 꽃뱀들이 늘고 있으니까.

강반장 : 그걸 니가 어떻게 아나?

병훈 : 피해 남성들이 정신과 치료를 받으러 많이 오거든. 억울해 죽겠다고.

철웅 : 맞아예. 예전에는 마녀사냥이라고 했다면 요즘엔 악마사냥 같아예. 애꿎은 남자를 악마로 만들어 죽이는 거죠.

강반장 : 그러게. 룸살롱에서 여자를 만지거나 관계를 가져도 성추행이나 강간으로 엮일 수 있어. 아가씨가 마담하고만 입을 맞추면.

철웅 : 강남의 술집 여자들이 외제차 타고 다니는 게 다 이유가 있심더. 저도 강 반장님 아니었으면 경찰옷 벗을 뻔 했심더.

철웅의 뇌리에 그날 일이 필름처럼 스쳐갔다.

사람들과 노래방에서 노래를 부르는데 한 여자가 술에 취했는지 픽 쓰러졌다. 철웅은 놀라 여자를 소파 위에 눕혔다. 그러나 여자는 완전히 기절했는지 꼼짝하지 않는다. 결국 철웅은 여자를 모텔로 데려가 침대에 눕혔다. 그 순간 여자가 갑자기 철웅의 목을 감싸 안았다. 철웅은 화들짝 놀라 여자를 뿌리치고 나갔다. 그 모습을 보며 여자가 킥킥거렸다.

철웅은 기가 막혔다. 여자가 고소장을 제출한 것이다. 결국 김 반장이 대신해 여자를 만나 봉투를 건넸다. 여자는 돈을 받아들더니 금액을 확인하곤 신발 속에 깔았다. 그리곤 씨익 웃으며 고소 취하서를 건넸다. 철웅은 머리를 털어 그날의 필름을 떨어낸다.

철웅 : 그때 얼마나 억울했는지 그년을 죽이고 나도 죽고 싶었습니더.

강반장 : 억울할 것 없어. 얼마 전에 지하철에서 우연히 그 여잘 봤는데 아주 추악해졌더라고. 이젠 꽃뱀 짓도 못할 걸.

철웅 : 정말이예?

병훈 : 거짓이 우리 피부를 망쳐. 우리 피부는 진실과 거짓을 구분하거든.

철웅 : 그럴 수도 있어예?

병훈 : 그럼, 내가 아무리 거짓말을 해도 무의식은 진실을 알고 있어. 거짓말하면 사회에서 생존할 수 없기 때문에 무의식이 거짓말을 하지 말라고 피부에 반응을 나타내는 거야.

철웅 : 하, 그러면 여자들이 이뻐지려면 거짓말부터 하지 말아야겠네예.

병훈 : 그렇지.

철웅 : 무의식이 참 신기하네예.

강 반장 : 그만, 그만, 정신과 공부는 나중에 하고 우리 얘기 좀 하자고. 지금 대검에선 묻지마 강력범죄자들을 장기간 격리하는 보호수용제를 내놓았어. 묻지마 범죄가 그만큼 심각하다는 거야.

병훈 : 묻지마 범죄자들은 자기 통제가 안 되기 때문에 재범률이 높아. 그러니 아예 장기간 격리하자는 거지. 또 그 사람들은 국가가 자기를 관리해 주길 바라기도 해. 가족까지 다 붕괴된 경우가 많거든.

강 반장 : 그럼 자네는 그냥 내버려둬도 좋단 말이야? 인권침해 소지가 있어도?

병훈 : 할 수 없지 뭐. 혼자서 삼팔선을 막을 순 없으니까.

그 순간 요란한 벨소리가 들린다. 수연이 전화를 받더니 말한다.
"첫 사건이에요."

오페라의 유령

경기도 양평의 한 고즈넉한 빌라

경찰들이 건물 주위를 에워싸고 있다. 빌라에서는 음악이 흘러나온다. 멘붕 수사대가 도착한다. 양평 경찰서 강력계 형사반장이 강반장을 반갑게 맞는다.

형사반장 : 어이, 강 반장, 오랜만. 부서 옮겼다며? 근데 이름이 뭐 그래. 멘붕 수사대? 무슨 코미디 프로도 아니고.

강 반장 : 우리 경찰도 감성적이지 말란 법 있나. 범인 잡는다고 항상 칙칙할 순 없잖아. 근데 무슨 일이야?

형사반장 : 여자네 엄마가 자기랑 사귀는 걸 반대한다고 남자가 여자 엄마를 칼로 찔렀어. 여자는 지금 인질로 잡혀 있고. 남자가 제정신이 아니야. 그냥 저격할까 하다가 자네에게 연락한 거야. 공문이 내려왔거든. 정신 나간 범죄는 우선 멘붕 수사대에 연락하라고. 둘 다 뮤지컬 배우래.

(병훈과 수연이 소방사다리를 타고 올라가 망원경으로 빌라 안을 들여다본다. 남자는 한 손에 피 묻은 칼을 든 채 소주를 마시고 있고, 여자는 그 옆에서 부들부들 떨고 있다. 여자의 엄마로 추정되는 여인은 피를 흘린 채 바닥에 쓰러져 있다. 남자는 모든 것을 포기한 듯 연신 술잔을 들이킨다. 오디오에서는 음악이 흘러나오고 있다. 〈오페라의 유령〉에 나오는 'The point of no return'이다.)

Past the point of no return

돌아갈 수 없는 다리를 건넜어.

no backward glances

뒤를 흘끔거리는 건 그만둬.

the games we've played till now are at an end

신뢰로 쌓아온 우리의 게임이 이제 끝을 맞은 거야.

Past all thought of "if" or "when" - no use resisting

"만약"이라든가 "그때"라는 생각 따윈 집어 쳐.

abandon thought, and let the dream descend

저항할 생각은 하지 마. 생각을 버리고 타락하는 꿈을 꾸자고.

What raging fire shall flood the soul?

타오르는 불꽃이 영혼에 넘쳐흐를 때

What rich desire unlocks its door?

강렬한 욕망이 그 문을 열어젖히면

What sweet seduction lies before us?

달콤한 유혹이 우리 앞에 펼쳐지는 거야.

Past the point of no return

돌아갈 수 없는 다리를 건넜어.

the final threshold - what warm, unspoken secrets will we learn?

마지막 경계를 - 우리가 배울, 말한 적 없는 뜨거운 비밀

Beyond the point of no return

돌아갈 수 없는 곳 너머에 있어.

병훈과 수연은 귀에 꽂은 수신기에 귀를 기울인다. 경찰들이 특수 도청 장치를 해 놓아서 빌라 안에서 말하는 소리가 다 들린다.

빌라 안

남자 : (음악을 *끄*며) 사랑하기 참 어렵네. 오페라의 유령처럼 사랑

하고 싶었는데.

여자 : 그래서 우리 엄마를 죽였어? 사랑을 위해서는 닥치는 대로 사람을 죽이는 유령처럼?

남자 : 내가 엄마를 죽였어? (씩 웃는다. 방금 전 일이 생생하게 스쳐 갔다.)

엄마 : (단호한 표정으로) 가진 게 뭐가 있어? 내가 내 딸을 어떻게 키웠는지 알아? 너한테 절대 내 딸 못 줘. 너 같은 딴따라한테 어떻게 딸을 줘. 너 돈 있어? 없지? 돈도 없는 놈이 언감생심 어떻게 내 귀한 딸을 넘봐? (그리곤 주방으로 가 칼을 가져와선 마루에 팍 하고 찍는다.) 오늘 너 죽고 나 죽자. 내 딸 다시 만날 거야, 안 만날 거야? 계속 만나면 오늘 너와 나 둘 중에 한 명 송장 치우는 거야.

남자 : 어머님, 전 정혜를 사랑합니다. 무슨 일이 있어도 정혜를 포기할 수 없습니다.

엄마 : 뭐? 어쩌고 어째? (딸을 바라보며) 너 어떻게 할 거야? 너 내 말 안 들으면 나 죽어!

정혜 : (우물쭈물하며 남자에게) 미안해. 난 엄마 없인 살 수 없어.

엄마 : 봤지? 너 당장 나가. 그리고 두 번 다시 우리 딸 만나지 마!

남자 : (허탈한 표정으로 정혜를 보며) 진심이야?

(정혜, 엄마의 눈치를 보며 고개를 끄덕인다. 남자, 허탈하게 일어난

다.)

엄마 : 나가! 이 날강도 같은 놈아.

(칼을 들고 남자를 밀어낸다. 너무 세게 민 나머지 문 앞에서 발을 헛디디며 함께 쓰러진다. 갑자기 피가 솟구친다.)

정혜 : 안 돼!

(일어나니 엄마는 쓰러져 있고, 가슴엔 칼이 꽂혀 있다.)

정혜 : 엄마!

(눈을 부릅뜬 채 부들부들 떨고 있다.)

엄마 : 난 네놈한테, 절대, 절대, 내 딸 못…… (숨을 거둔다.)

정혜 : 엄마, 엄마, 안 돼!

(정혜, 큰소리로 운다. 남자, 여인 가슴에 꽂힌 칼을 뽑는다. 정혜, 미친 듯 112에 신고한다.)

정혜 : 빨리 좀 와 주세요. 어떤 미친놈이 우리 엄마를 죽이고 나를 인질로 붙잡았어요.

(남자, 정혜를 보며 쓸쓸히 웃는다.)

남자 : 엄마는 왜 그렇게까지 기를 쓰고 나를 반대했지? 돈 때문에? 돈이야 우리 둘이 노력해서 벌면 되잖아.

정혜 : 내가 가장 우려했던 부분이 바로 이거야. 엄마는 미래는 믿지 않아. 지금 당신이 얼마나 돈을 갖고 있느냐가 중요해.

남자 : 정혜야, 넌 어린 나이가 아니야. 아무리 돈이 많아도 결혼을 욕심대로 할 순 없잖아.

정혜 : 아니, 나 좋다는 사람 아직 많아. 돈 보고 좋아하는지도 모르지만.

남자 : 그게 좋니? 우린 꿈이 있잖아. 지금은 단역 배우에 불과하지만 언젠가는 팬텀과 크리스틴이 돼서 무대 위에서 열연하는 꿈이 있잖아. 그래서 열심히 연습했잖아.

(남자와 정혜가 폐허가 된 건물을 오르락내리락하며 오페라의 유령을 연기한다. 남자가 절규하듯 웃으며 폐허 꼭대기에서 고물 냉장고를 밀어 떨어트린다. 정혜가 비명을 지르며 건물 안쪽으로 피한다. 오페라의 유령 1막 끝부분인 샹들리에 떨어지는 장면을 연기한 것이다.)

남자 : (소주를 마시며) 팬텀도 조건이 나빠 어둠 속에서 사랑한 거겠지. 그 추악한 얼굴 때문에. 나도 조건이 나빠 사랑을 못하네. (쓰러진 여인을 보며) 어차피 죽을 인생, 왜 그리 돈에 욕심을 낼까? 인생은 짧고 예술은 긴데. (다시 'The point of no return'을 노래한다. 그 순간 갑자기 창 밖에서 음악 소리가 들려온다. 밖을 바라본 남자는 깜짝 놀란다. 한 여자가 마당 안쪽으로 들어와 남자를 향해 다가오며 노래를 부르고 있다. 수연이다. 수연은 스피커에서 울려나오는

노래에 맞춰 간절한 손짓과 표정으로 노래에 입을 맞추고 있다.)

수연 : You have brought me to that momen

당신이 날 데려왔어요.

where words run dry

말이 마르는 순간으로

to that moment where speech disappears

말이 사라지는 순간으로

into silence, silence

침묵 속에, 침묵 속에

I have come here, hardly knowing the reason why

난 여기 왔어요. 이유 따위 알 수 없지만

In my mind, I've already imagined our bodies entwining

마음속으로 언제나 상상해 왔죠. 우리의 몸이 무방비하게, 고요함 속에 얽힐 때를

defenceless and silent – and now I am here with you, no
second thoughts

지금 난 여기 당신과 함께 있어요. 다른 생각 따위 하지 않아요.

I've decided, decided

결정했어요. 마음먹었어요.

(갑자기 수연의 모습이 사라지더니 무대 의상을 입은 정혜가 창문을 향

해 다가오며 노래 부른다.)

크리스틴(정혜) : Past the point of no return

돌아갈 수 없는 길마저 지나

no going back now

이젠 돌아가지 않아요.

our passion-play has now, at last, begun

우리의 열정 어린 유희가 지금, 마침내 시작된 거예요.

Past all thought of right or wrong

모든 옳고 그름을 떠나

one final question how long should we

마지막 의문은 하나

two wait, before we're one?

우리 둘이 하나가 되기까지 얼마나 기다려야 하는 건가요?

When will the blood begin to race

질주하는 피에

the sleeping bud burst into bloom?

잠든 꽃봉오리가 터질 것처럼 피어나는 것처럼

When will the flames, at last, consume us?

맹렬한 불꽃이 우리를 불태우는 순간은 언제인가요?

(남자, 창문을 향해 다가간다. 환각 속의 정혜도 창을 향해 다가가더니 문에 손을 대고 함께 노래 부른다. 정혜가 놀라 바라본다. 남자는 마치 무대 위에 선 듯하다. 오페라의 유령에서처럼 팬텀과 크리스틴이 노래 부르고 있다. 팬텀이 뒤에서 크리스틴을 안고 있다.)

팬텀(남자), 크리스틴(정혜) : Past the point of no return

돌아갈 수 없는 다리를 건넜지.

the final threshold

마지막 경계를

the bridge is crossed, so stand and watch it burn

우리가 건너온 다리, 이제 여기서 다리가 타오르는 것을 봐.

We've passed the point of no return

우린 이제 돌아갈 수 없는 다리를 건넜어.

팬텀(남자) : Say you'll share with me one love, one lifetime

나와 함께 있을 거라고 말해 줘. 하나뿐인 사랑, 하나뿐인 삶 속에서

Lead me, save me from my solitude

이끌어 줘, 나를 나의 고독으로부터 구해 줘.

Say you want me with you, here beside you

날 원한다고 말해 줘. 여기 당신과 함께, 당신 곁에서

Anywhere you go let me go too

당신이 어디에 가든 나와 함께 해 줘.

Christine, that's all I ask of you.

크리스틴, 그게 내가 당신에게 원하는 전부야.

(남자는 유리를 가운데 두고 수연과 손을 마주붙인 채 눈물을 흘린다. 수연도 눈물을 글썽인다.)

남자 : 고마워요. 이렇게라도 꿈을 이루네요.

(수연, 창밖에서 고개를 끄덕인다. 남자가 고개를 돌리니 경찰과 멘붕 수사대가 어느새 집으로 들어와 정혜를 보호하고 있다. 곧 의료진이 뒤 따라 들어와 여인의 시체를 들 것에 싣고 나간다. 김철웅 형사가 다가 와 남자의 손에 수갑을 채운다. 남자, 담담하게 따라 나간다. 정혜, 남자 에게 다가가 그의 어깨를 흔들며 말한다.)

정혜 : 저 노래를 부를 여자는 저 여자가 아니라 나예요. 내가 크리 스틴이라구요. 빨리 말해요. 내가 크리스틴이라고.

남자 : (고개를 끄덕이며) 물론 당신이 크리스틴이지. 나의 영원한 크리스틴!

정혜 : (눈물을 글썽이며 남자의 얼굴을 어루만지며 노래 부른다.)

Say you'll share with me one love, one lifetime

나와 함께 있을 거라고 말해 줘. 하나뿐인 사랑, 하나뿐인 삶 속에서

Lead me, save me from my solitude

이끌어 줘. 나를 나의 고독으로부터 구해 줘.

Say you want me with you, here beside you

날 원한다고 말해 줘. 여기 당신과 함께, 당신 곁에서

Anywhere you go let me go too

당신이 어디에 가든 나와 함께 해 줘.

that's all I ask of you.

그게 내가 당신에게 원하는 전부야.

(남자의 품에 안기며) 기다릴게요. 당신의 크리스틴으로 언제까지나 사랑해요.

(남자, 웃음을 지으며 김철웅 형사에게 이끌려 나간다. 남자를 태운 경찰차가 어둠 속으로 사라진다.)

강반장 : 이런 시도를 전문 용어로 뭐라고 해?

병훈 : 음악 치료.

철웅 : 전문 용어도 별거 아니네. 나 같은 무지렁이도 알겠다.

병훈 : (수연을 향해) 당신이 좀 어렵게 설명해 주지?

수연 : 네, 이번 케이스에 적용한 하드웨어는 뮤지컬 사이코드라마 musical psychodrama 이고, 소프트웨어는 싱잉 임프로비세이션 sining improvisation 이에요. 영혼을 울리는 노래를 통한 자아초월 최면극

transpersonal hypnodrama도 섞여 있었고요.

철웅 : 악, 그만, 그만. 머리에 쥐나.

수연 : 오늘 사건 임상 타이틀은 뭘로 할까요?

병훈 : 오페라의 유령

철웅 : (병훈과 수연을 번갈아 보며) 둘이 아무래도 수상해.

러브 미 텐더

오페라의 유령 사건이 끝나기 무섭게 사건이 터졌다. 사실 정신 질환자와 범죄자는 큰 차이가 없다. 자기를 파괴하면 정신 질환이고, 남을 파괴하면 범죄자인 것이다. 정신병원 내 환자가 줄면 교도소에 수감되는 범죄자가 늘고, 교도소에 수감되는 범죄자가 늘면 정신 질환 입원 환자가 줄어든다는 통계도 있다. 이번에는 학교에서 일어난 납치 협박 사건이다. 전화를 받고 달려가니 한 여자가 칼을 들고 아이를 위협하고 있다. 그 앞에는 아이의 엄마로 보이는 여자가 오열하고 있다.

여자 : 빨리 니 남편 오라고 해. 아니면 당장 이 아이 목을 따버릴 거야.

(아이는 너무 놀랐는지 울지도 못한다. 저격수들이 여자를 겨누고 있다가 수사대를 보자 반갑게 맞아준다.)

경찰 : (강 반장을 보며) 저 여자를 어떻게 해야 할지 모르겠습니다. 쏘면 아이가 충격을 받을 것 같고.

강반장 : 일단 준비만 하고 있으라고 해.

경찰 : 남편이 와 있는데 어떻게 할까요? 그냥 가면 저 여자를 더 자극하진 않을까요?

강반장 : (병훈을 향해) 어떻게 할까?

병훈 : 일단 남편부터 만나봐야지.

(병훈, 남편을 향해 간다. 남편이라는 자는 골목 안쪽에 부들부들 떨고 있다.)

남편 : 도대체 왜 저러는지 모르겠어요. 아무리 잘해 줘도 끝이 없어요. 그뿐이면 참겠어요. 다 때려 부숴요. 아무런 이유도 없이. 그래서 도망쳤더니 이 사단이 났어요. 미쳤어요. 저 여자, 정신과 치료도 받고 있어요.

병훈 : 그래도 처음에는 아이같이 순수했겠죠.

남편 : 네, 처음엔 그랬죠. 그런데 이렇게 돌변할 줄은.

병훈 : 아직도 아이같이 순수해요. 표현이 서툴러서 그렇지.

남편 : 제발 어떻게 좀 해 주세요. 저런 유괴범은 사살해야 하는 거 아니에요?

강반장 : 그러길 바라세요?

남편 : 아뇨, 전 그저 제 아이만 무사하면 됩니다.

병훈 : 아이를 구하기 위해서라면 뭐든지 할 수 있겠어요?

남편 : 그럼요, 당연하죠. 저 아인 내 생명보다 소중해요.

(병훈, 남편에게 무언가를 설명한다. 남편, 기겁하더니 병훈의 단호한 표정에 할 수 없이 고개를 끄덕인다.)

여자는 여전히 아이의 목에 칼을 들이대고 있다. 순간, 어디선가 음악이 흘러나온다. 엘비스 프레슬리의 'Love me tender'라는 감미로운 음악이다.

Love me tender, love me sweet, never let me go.

부드럽고 달콤하게 사랑해 주세요, 날 떠나지 말아요.

You have made my life complete, and I love you so.

내 삶을 온전하게 해주신 당신, 그래서 당신을 사랑합니다.

(남자가 부드럽게 춤을 추며 여자에게 다가간다.)

아이 : (큰소리로) 아빠!

여자 : (여전히 살기등등하게 칼을 들이댄 상태로) 흥, 이제야 나타났군!

(남자, 계속해서 노래를 부르며 천천히 춤을 춘다. 남자의 귀에는 조그만 소형 수신기가 끼어져 있다. 병훈이 이 수신기를 통해 대사를 전달하고 있다.)

Love me tender, love me true, all my dreams fulfilled.

부드럽고 진실로 사랑해 주세요, 내 모든 꿈이 이루어져요.

For my darlin' I love you, and I always will.

내 사랑, 내가 사랑하는 당신, 그래서 영원히 사랑합니다

여자 : 뭐하는 거야?

남자 : 안녕, 왜 그렇게 화가 났어?

여자 : 왜 자꾸 날 피하는 거지?

남자 : 내가 언제? 당신이 약속을 지지지 않았잖아.

여자 : 약속? 무슨 약속?

남자 : 내가 말했잖아. 폭력은 쓰지 말라고. 폭력을 쓰면 다신 만나지 않겠다고.

여자 : 당신이 내 말을 듣지 않으니 그렇지.

남자 : 내가 언제 당신 말 듣지 않은 적 있어?

여자 : ……. (힘이 빠진 듯 아이 목에 대고 있던 칼을 떨어트린다.)

남자 : (아이에게) 민수야, 괜찮니?

민수 : 아빠, 나 너무 무서워.

남자 : 괜찮아, 괜찮아. 아줌마 무섭지 않아. 좋은 사람이야. 너한테 아무 짓도 하지 않을 거야.

여자 : (날카로운 목소리로) 나 아줌마 아니야.

남자 : (여전히 춤을 추며) 그래, 아가씨!

여자 : 앞으로 어떻게 할 거야.

남자 : 어떻게 하긴. 당신이 폭력을 쓰면 만나지 않을 거고, 쓰지 않으면 계속 만나야지. 난 세상에서 폭력이 가장 싫어.

여자 : (아이 목에 다시 칼을 들이대며) 아니, 폭력을 써도 만나!

남자 : 선화야, 바람과 해님 이야기 알지? 어느 날 바람과 해님이 내기를 했어. 지나가는 사람의 외투를 벗기기로. 바람은 힘껏 불었지만 외투를 벗기지 못했어. 그러나 해님은 그 사람을 따뜻하게 해서 스스로 옷을 벗게 했지. 난 우리 관계도 그렇게 발전했으면 좋겠어. 따뜻하게 사랑만 하면 모든 게 좋을 텐데 왜 폭력을 쓰려 하니? 러브 미 텐더 몰라? 러브 미 텐더.

(여자가 아이 목에 들이댔던 칼을 스르르 내린다. 경찰들이 다가가려고 하자 병훈이 제지한다. 병훈, 마이크를 들어 남자에게 할 말을 지시한다. 여자는 칼은 내렸지만 아이는 여전히 잡고 있다.)

여자 : 난 아무것도 가진 게 없어. 남들처럼 공부도 많이 못했고, 가진 것도 없고.

남자 : 선화야, 내가 언제 그런 것 따진 적 있니? 내가 원하는 것은 오직 사랑이야. 네가 원하는 것도 사랑이고. 너도 이 노래 좋아하잖아.

(비틀즈의 All You Need Is Love로 바뀐다.)

Love, love, love, love, love, love, love, love, love.

There's nothing you can do that can't be done.

당신이 할 수 없는 것은 할 수 없습니다.

Nothing you can sing that can't be sung.

당신이 부르지 못하는 노래는 노래가 아닙니다.

Nothing you can say, but you can learn

당신이 말하지 못하는 것은 당신이 배울 수 있습니다.

How to play the game

어떻게 그 게임을 할까요.

It's easy.

그것은 쉽죠.

Nothing you can make that can't be made.

당신이 만들 수 없는 것은 만들어지지 못합니다.

No one you can save that can't be saved.

아무도 당신이 말한 것은 말하지 못합니다.

Nothing you can do, but you can learn

당신이 못하는 것은 당신이 배울 수 있습니다.

How to be you in time

항상

It's easy.

그것은 쉽죠.

All you need is love, all you need is love,

당신에게 필요한 것은 사랑입니다.

All you need is love, love. Love is all you need.

사랑이 당신이 필요한 전부입니다.

여자 : 맞아, 내가 원하는 것은 오직 사랑이야. (아이를 풀어준다.)
민수야, 아빠한테 가. 오늘 정말 미안하다. 난 아빠랑 그냥 게임을
한 거야. (그러나 아이는 쉽게 움직이지 못한다.)

민수 : 아줌마도 같이 가요. 우리 아빠 좋은 사람이에요.

여자 : 그럼, 좋은 사람이지. 세상에서 내가 가장 사랑하는 사람인
데. 난 할 일이 있어. 그러니 엄마한테 먼저 가렴.

민수 : 그럴게요. 그럼 아줌마, 언제 우리 아빠와 함께 만나요.

여자 : 그래, 그러자꾸나. 민수야, 꼭 훌륭한 사람 되어야 해.

민수 : 네, 감사합니다. (아빠에게로 간다.)

(엄마, 울면서 달려와 민수를 꼭 껴안는다. 경찰들은 쉽사리 움직이지 않는다. 음악이 다시 Love me tender로 바뀐다.)

여자 : (남자를 바라보며) 우리 춤출까?

남자 : 그래.

여자, 남자에게 다가간다. 둘은 음악에 맞춰 춤을 춘다. 경찰들은 여전히 둘을 지켜보고 있다.

Love me tender, love me sweet, never let me go.

부드럽고 달콤하게 사랑해 주세요. 날 떠나지 말아요.

You have made my life complete, and I love you so.

내 삶을 온전하게 해주신 당신, 그래서 당신을 사랑합니다.

Love me tender, love me true, all my dreams fulfilled.

부드럽고 진실로 사랑해 주세요. 내 모든 꿈이 이루어져요.

For my darlin' I love you, and I always will.

내 사랑, 내가 사랑하는 당신, 그래서 영원히 사랑합니다.

(춤을 추는 남자의 표정이 불편하다. 왜 빨리 와서 여자를 체포하지 않느냐는 듯하다. 병훈, 뭔가 불길하다.)

And I always will 그래서 영원히 사랑합니다.

Love me tender Love me long

부드럽고 오래오래 사랑해 주세요.

Take me to your heart For it's there that I belong

마음 깊숙이 날 간직해줘요. 내 머물 곳 바로 그곳이기에

And we'll never part

그래서 우린 헤어지지 않습니다.

여자 : (눈물을 흘리며) 고마워.

남자 : 바보! 내 사랑을 못 믿고.

여자 : (남자의 얼굴을 어루만지며) 다음 생엔 꼭 당당하게 당신을 사랑할 거야.

(선화, 자기 목에 칼을 찌른다. 남자가 제지하려 하는 순간 총소리가 울려퍼지고 여자가 쓰러진다. 병훈이 급히 달려가 선화의 목을 지혈한다.)

병훈 : (화가 난 목소리로) 칼부터 먼저 뺏으라고 했잖아요.

남자 : 전 그저 분위기가 너무 좋아서. (갑자기 성질을 내며) 그리고 아이를 놓아줬으면 빨리 체포할 일이지 춤은 뭐예요? 당신들 그렇게 한가해요?

(손목을 쥐고 있는 선화, 원망스러운 눈빛으로 남자를 쳐다본다. 경찰들, 이제야 다가온다.)

병훈 : (선화를 보며) 저 남자, 당신이 목숨을 바쳐 사랑할 만한 남자는 아닌 것 같군요.

(선화, 씁쓸한 표정으로 고개를 젓는다. 그렇게 선화를 태운 경찰차가 떠난다.)

수연 : 오늘 사건 임상 제목은 뭘로 할까요?

병훈 : 댄스 치료